李春雷——著

秀儿

『时代楷模』黄文秀

漓江出版社

·桂林·

图书在版编目（CIP）数据

秀儿："时代楷模"黄文秀 / 李春雷著. --2版.--桂林：漓江出版社，2021.6（2021年12月重印）
ISBN 978-7-5407-9113-1

Ⅰ.①秀… Ⅱ.①李… Ⅲ.①报告文学—中国—当代 Ⅳ.①I25

中国版本图书馆CIP数据核字（2021）第119290号

秀儿——"时代楷模"黄文秀

作　　者　李春雷

出 版 人　刘迪才
策划编辑　梁　志
出版统筹　赖海洋
责任编辑　霍　丽　李　慧
封面设计　黄璐霜［广大迅风艺术］
版式设计　黄　洁
责任校对　王林秀
责任监印　杨　东

出版发行　漓江出版社有限公司
社　　址　广西桂林市南环路22号
邮　　编　541002
发行电话　010-65699511　　0773-2583322
传　　真　010-85891290　　0773-2582200
邮购热线　0773-2582200
电子信箱　ljcbs@163.com
微信公众号　lijiangpress

印　　制　广西民族印刷包装集团有限公司
开　　本　787 mm × 1092 mm　1/16
印　　张　14.5
字　　数　150千字
版　　次　2021年6月第2版
印　　次　2021年12月第2次印刷
书　　号　ISBN 978-7-5407-9113-1
定　　价　48.00元

她是百色山区农家姑娘

她是北师大硕士研究生

她是驻村扶贫第一书记

她用生命谱写了一曲壮丽的青春之歌——

一栋粗糙的两层砖混房，静默地端坐在百色市田阳县北郊的一座山脚下。房子旁边几棵高大的木瓜树、芒果树，蓊蓊郁郁，蓬蓬勃勃，果实累累。夏日的阳光，在叶片上闪闪烁烁地跳跃着。微风吹过，繁叶飒飒作响，似乎在交头接耳，窃窃私语。

这里，是黄文秀父母居住的地方。

这一天，是2019年6月16日。

三年前，黄文秀从北京师范大学硕士研究生毕业后，被广西壮族自治区招录为选调生，分配到百色市委宣传部工作。

她从国家人才引进补贴的5万元安家费中拿出3万元，帮助爸妈把过去那栋居住了20多年的老旧小平房，改建成了这栋两层砖混房。

房子虽已建成三年，但由于经济拮据，至今还是毛坯，二楼甚至连门窗也没有安装。屋里空空荡荡，没有一件新家具。靠墙的旧木桌上，摆放着一台老掉牙的显像管电视机。地上有两把木椅、一张餐桌和些许杂物……

黄文秀的卧室，只有一铺床、一顶蚊帐和一个用旧轮胎搭木板做成的“沙发”。她上学时用过的课本、获得的奖状都装在一个灰扑扑的行李箱里。

十几天前，父亲因肝癌刚做过第二次大手术，一直在家卧床静养。

14日是周末，傍晚，黄文秀从她担任驻村第一书记的乐业县百坭村回来给父亲送药。将近400里的山间道路，她驾车开了3个多小时。回到家时，夜已深深。

16日，恰是父亲节。她在朋友圈里晒了给父亲的礼物，并写道：“这算是给老头子的父亲节礼物吧，节日的意义在于纪念，同时又是要懂得反思和总结！每年定期带家人做次体检吧，尤其肝功能这一块……”

由于身体虚弱，吞咽困难，父亲总是吃不下饭。黄文秀回家这两天，每顿饭都要亲手喂父亲喝些稀粥，吃些松软的食物。每次饭后，她还要喂父亲吃药。

父亲常对别人夸赞说："秀儿是个很孝顺的孩子。"

黄文秀走进厨房，对正在张罗午饭的母亲说："妈，我下午先要到市委宣传部跟同事见面，商量工作，然后就要赶回百坭村。时间太紧，来不及吃午饭了。"

"等一会儿饭就好，怎么能不吃饭就走呢？"母亲恋恋不舍地看着女儿。

她轻轻揽住母亲的肩膀，笑着说："妈，下次回来，您再给我做好吃的！"

听见女儿要走，父亲从床上吃力地坐起来，一脸担忧地说："秀儿啊，天气预报说，今天晚上有暴雨。从我们田阳到百坭有400里远呢，又多是山路，你一个女孩子开车回去，太不安全了，要不明天再回吧！"

黄文秀来到床前，扶住父亲，说："阿爸，要下暴雨，百坭的几个屯子很可能发生山洪，我更应该回去安排防洪工作。再说，明天是周一，县里还要召开脱贫攻坚大会，我也必须参加。时间很紧，我要赶快走。"

她一边向屋外走，一边扭头叮嘱父亲："阿爸，您一定要记得按时吃药！"

"记着呢。"父亲忧郁地点了点头。

母亲跟到屋外，一再嘱咐："秀儿，路上开车可要注意安全！"

"妈，我知道了。这条路我很熟，您不用担心，快回屋吧。"黄文秀答应着，坐进了车里。

透过车窗看着母亲，黄文秀心里涌起一阵酸楚：母亲患有先天性心脏病，常年吃药，如今老了，身体越发不好，还要伺候重病在身的父亲。哥哥和姐姐都在外地打工，自己驻村工作很忙，只有辛苦老母亲了。

她摘下眼镜，用手背揉揉眼角，笑着跟母亲招招手。而后，开车上路……

目录

第一章

1

雨夜逆行

●在查看洪灾的现场，她留下了在百坭村的最后一个背影；

●沿着泥泞的山路，她前往者乐屯最后一次走访了两个贫困户；

●在一页纸上，她留下了最后一份工作计划清单；

●带着给父亲买的药，她迎着满天晚霞，最后一次离开了百坭村；

●心牵百坭群众安危，在暴雨之夜她毅然选择了无畏逆行；

●她青春靓丽的生命之花，在扶贫路上绚丽绽放……

1.最后的背影

30岁的黄文秀，原是百色市委宣传部理论科副科长。

2018年3月，她来到乐业县新化镇百坭村，担任驻村扶贫第一书记。

自从住进百坭村，她天天奔忙，即使周末也很少回家看望年迈多病的父母。

2019年4月，父亲被诊断为肝癌晚期，在4月底和6月初已做过两次大手术，黄文秀非常揪心，总想找到一种特效药，能够治好父亲的病。

早些天，她得知有一种抗癌药比较有效，于是就委托在北京的同学帮忙购买。

在百坭村收到药品后，她很想马上回家给父亲送药，但村里工作实在太忙，不能离开。她把药品放在抽屉里，转身就去了山上的果园。这天，县里来的果树专家要给村民讲解橘树的管理。

晚上回到宿舍，黄文秀翻看了一下日历：6月14日是周五，16日恰好是父亲节。于是，她决定14日下午忙完村里的工作，就回田阳家里给父亲送药。

14日上午，黄文秀在新化镇政府开会，回到百坭村已是下午1点多。

平时，她都是在村部住处自己做饭。今天回来晚了，下午还要去查看被洪水冲毁的道路、灌渠和渡槽，来不及做午饭，她就泡了一袋方便面。

匆匆吃过，她穿上那件后背印有“第一书记黄文秀”的红坎肩，和几位村干部一起，去查看水利设施损毁情况。

在百布屯，一座灌溉着200多亩农田的涵洞被冲毁。黄文秀双手撑地，趴在沟渠边，仔细查看涵洞受损程度。当时，有人用手机拍下一张照片。

没想到，这竟成了黄文秀在百坭村留下的最后一个背影。

沿着泥泞的山路，她又前往者乐屯，走访了谭昌盛和蒙隆回两个贫困户。

回到村部，黄文秀立刻组织村干们汇总全村受灾情况，商量申请项目资金、制订维修方案，以便尽快解决群众生产生活面临的问题。

在和村“两委”详细讨论后，黄文秀在一页纸上列出了她最牵挂的几项工程清单：

1.百果屯和百爱屯，那红水利工程，600米，预计9万元；

2.百布屯水利维修（建渡槽），20米，预计1万元；

3.百果屯、百坭屯水利维修（建渡槽），30米，预计1.14万元；

4.拟建20座垃圾池，预计10万元；

5.那用屯平板桥，预计8万元。

这份清单，是黄文秀在百坭留下的最后一份工作计划。

回到村部宿舍，黄文秀发了一条朋友圈："工作记录，下屯查看水利设施、缓和群众情绪。"

一直忙到傍晚，她对村支书周昌战说："下班后我要回田阳给父亲送药。等我周一回来后，咱们就抓紧落实这些工作。"

暮霭渐浓，炊烟袅袅，牛羊归圈，山村百坭结束了一天的忙碌，安静了下来。

没顾得上吃晚饭，黄文秀启动汽车，迎着满天晚霞，离开了百坭村。

不料，这一离开，竟成永别……

2.心牵百坭

16日下午，黄文秀告别父母，在百色市委宣传部和同事谈完工作，暮色已浓。

同事劝她："天气预报说，今晚有大雨，路途又太远，明天再回百坭村吧。"

"不行呢，百坭村可能发生洪涝，我今晚必须赶回村里安排抗洪防灾。"说着，她匆匆下楼向停车场走去。

来到院里，大风已起，黄文秀遇到朋友唐志平，笑着和他打招呼。得知黄文秀要连夜返回百坭村，唐志平心里一沉：大雨随时都会下来，还要赶这么远的夜路？

还没等唐志平说什么，黄文秀已启动了汽车。

她摇下车窗，笑着向唐志平说了一声"再见"，就驾车消失在茫茫夜色里……

百色市位于广西西部，地处云贵高原东南边缘，属亚热带季风气候。季风环流常常给当地带来暴雨甚至大暴雨，导致山洪暴发，江河横溢。

6月份，正值西南季风活跃季节，是暴雨的高发期。

从百色市区到乐业百坭村这条路，黄文秀已经走了数十次。她觉得这次和过去一样，是一次正常的驾行。

驾车出发不久，淅淅沥沥的小雨渐渐变大，夜幕把她的车浓浓笼罩。一道耀眼的闪电划破漆黑的夜空，“轰隆隆”几声响雷滚过，暴雨倾盆而降。

雪亮的车灯光在密密的水帘上散为一片迷茫白雾，山坡上淌下的水流越来越急，疾驰的车轮在路面上激起两道“水翼”，越野车变成了“冲锋舟”。

山洪，随时可能暴发；前行，极其危险。

驻村期间，黄文秀曾多次参与抗洪救灾，知道此时前行是一件非常危险的事情，但她牵挂着百坭村可能发生的洪涝，牵挂着村民的安危，全然不顾前行的危险，丝毫没有转身返回的念头。她脚踩油门，紧握方向盘，瞪大双眼，义无反顾地选择了雨夜逆行——向着深爱的百坭村，向着深深牵挂的群众。

途中，黄文秀给村支书周昌战打电话，询问村里的情况，提醒做好防洪准备。

进入6月以来，百坭村已连降几场大雨，有几个屯子发生了山洪和塌方，不少道路、水渠和渡槽都有损毁，严重影响了村民的出行、饮水和农田灌溉。

担任百坭村第一书记后，黄文秀曾多次带领群众抗洪救灾，在这方面她有了经验，知道洪涝意味着什么，需要做什么工作。

在百坭村部的办公室里，黄文秀的电脑桌面背景就是一张被洪水淹没的玉米田图片。

2018年6月，黄文秀曾在驻村日记里写道："乐业近日进入雨季，百坭村通往乐业县城的路段发生了塌方，情况非常危急。周边凌云县有一户6口人家，不幸被埋入土中，田林县有的地方楼房倒塌。我知道消息后，马上联系村支书，让他时刻关注百坭村情况，这个周末过得十分紧张。"

村支书周昌战回忆说："当时，村里好几条路都被塌方阻断了，黄文秀第一时间组织了几个村干部，一起去疏通道路。"

这一年6月的这个周末之夜，暴雨再一次袭来，黄文秀为百坭揪心。

她又给周昌战发消息说："我正在赶回百坭。一定要随时关注群众的生命财产安全，安排好百坭村的防汛救灾工作。"

3. 暴雨！山洪！

从小在山村长大，黄文秀对暴雨、山洪并不陌生。但这场暴雨之大，还是超出了黄文秀的预料。

驾车驶进凌云县境内，暴雨更猛。倾天而降的雨水犹如射来的子弹，密集地撞击着车顶，发出恐怖的声响。

此时，夹在两山之间的公路，已变成了一条汹涌的河流，滔滔洪水狂兽般奔突，欲把眼前的一切吞没！

危险正在靠近！

黄文秀是《广西日报》的通讯员，在她身处险境时，还不忘为媒体提供暴雨山洪的现场情况。

23时30分，黄文秀用手机拍了一条11秒长的暴雨洪水视频，发到"广西云"平台，并配了声音："好危险，有一辆车已经被水冲走了，我现在过不去了。"

在市委宣传部的工作群里，同事们纷纷给黄文秀留言：“注意安全！”“不要走夜路……”“太危险，赶快掉头！”

视频里，雪白的远光灯也只能照亮车头前很近的距离，公路已经变成汹涌的河流。远方漆黑一片，不时有兽爪状的闪电把夜幕撕裂，天空瞬间闪现出鬼魅般的蓝色。

旋即，黄文秀的汽车就被洪水困住，无法前行。

怎么办？

正当她一筹莫展之际，忽然后面闪来一道光亮。少顷，一辆黑色轿车在后面停了下来。

原来，这是凌云县交警大队副大队长席道怀和他的同事恰巧开车经过。

黄文秀冒着雨从车上下来，急忙跑向黑色轿车，敲着车窗向里面求助：“两位大哥，你们能不能帮我开一下车，前面洪水太大了，我不敢开！”

“好！你坐到我们的车上，我来帮你把车开过去！”席道怀又对同事说：“你们的车就在后面跟着我！”

……

当席道怀把黄文秀的车开到前面的安全地带后，却发现同事驾驶的黑色轿车迟迟没有跟上来。

席道怀立刻拨通了同事的手机，是黄文秀接的，她说：“席队长，前面的水太深太急，我们的车还停在这上面，你不用回来，也不用担心，等一会儿我们再开过去。”

17日凌晨0点12分，黄文秀把那个11秒的小视频发在了家族群里，并留言说：“我遇到山洪了，两头都走不了，雨越来越大，请为我祷告吧。”

那时，没有人会预料到，这是黄文秀留在世上的最后一段话。

黄文秀受阻的这个区域，三面环山，公路从中间穿过，一旦暴雨降临，公路就成了排水通道，山洪来势迅猛，往往猝不及防。

黑色轿车仍然没有跟过来，席道怀心急如焚，他再次拨打同事的电话，电话拨通了，但却没人接听……

当时，《广西日报》的一位记者看到了黄文秀发出的暴雨山洪视频，随即在微信上给黄文秀留言："安全第一！"

然而，很久都没有得到回复。放心不下的记者接连给黄文秀拨打电话，虽能拨通，但却没能听到那个熟悉的声音……

黎明时分，暴雨减弱，山洪稍缓。

席道怀匆匆原路返回寻找，只见公路已被山洪冲断，却未见黑色轿车的踪影。一阵不祥之感，掠过他的心头。

17日上午，当地新闻媒体报道：凌云县伶站乡九民水库区域因大暴雨引发山洪，造成212国道路段严重损毁，有多辆汽车被山洪冲走，十几名人员失联。据监测，6月16日21时至17日凌晨5时，九民水库区域降雨量高达371.4毫米，历史罕见。

黄文秀遇阻的地方，正是在这段区域。

4."文秀书记，你在哪里？"

正如黄文秀所料，因16日晚上的这场暴雨，百坭村果然遭遇了山洪，电线杆被冲倒，水利设施被冲毁，通往村部的道路被拦腰冲断……

17日一大早，村"两委"紧急开会，布置救灾工作，但黄文秀却未出现在会议室。

村支书周昌战以为黄文秀已经安全到达乐业县城，想向她汇报村里灾情，却发现电话打不通。

想到昨夜文秀书记在微信里发的暴雨山洪视频，村主任班智华猜测：她可能被困在半路了。于是马上给她发微信：“文秀书记，你在哪里?”

没有回音。

“文秀书记是不是直接到县城参加脱贫工作会议去了?” 村支书周昌战说。

班智华又立刻拨打黄文秀的电话，仍然拨不通。

班智华心里着急，就给镇党委书记黄保锦打电话，询问黄文秀的情况。

经核实，黄文秀既不在镇里，也不在县城。

班智华心头一惊，立刻驾车，和村支部副书记黄态度一起前往凌云县受灾点……

暴雨山洪之后，沿途道路被冲得沟壑纵横，往常一个小时的车程，他们开了三个多小时。

到了受灾点，眼前的情景让他俩大吃一惊：公路断裂如崖，支离破碎，路侧的河道里散落着大量滚石，几辆汽车侧翻在乱石中，有的已面目全非。

从17日凌晨1时50分开始，百色市、凌云县300余名消防官兵紧急出动，奔赴洪灾现场，全力搜救失联人员。

班智华和黄态度痴痴地站在路边，看着在泥浆、乱石中奋力搜救的人们，万分焦虑，望眼欲穿，只有一遍遍在心里祈祷：文秀书记可能是因为加入了救灾队伍，而耽误了回村的时间……

在百色市委宣传部，黄文秀的同事们也一直关注着、牵挂着她的消息，大家的心都紧紧地揪着。17日一早，成明和几个同事匆匆赶到现场，寻找黄文秀。

他们看到，被山洪席卷的河道里，滚落的巨石砸碎了树木，一辆黑色轿车侧翻在深沟乱石中，浑浊的泥水还在不断地往下淌。

成明是黄文秀的好朋友，她站在河边忧心如焚，渴盼着文秀能突然出现在自己眼前，还是那张总是带着微笑的脸庞。成明想起了最后一次和文秀见面时的情形：虽然她父亲患肝癌做了大手术，但文秀驻村工作实在太忙，不能守在床前尽孝，平时总是乐呵呵的文秀提起这事忍不住泪流满面……

这时，现场救援指挥部传出消息：这次山洪有多辆汽车被冲走，十几人失联，黄文秀的名字已出现在失联人员名单中。

听到这个消息，成明搓手顿足不知所措，班智华和黄态度则蹲在地上大哭不止……

18日中午，救援人员在河滩的草丛中发现了线索。

当人们从近半米深的淤泥中挖出遇难者时，发现是一位女性。

经过指纹对比，确认遇难者正是黄文秀！

黄文秀不幸遇难的消息传到百坭，山村瞬间惊呆了：男人们怔怔地站在田埂上，女人们呜咽着立在街道边，老人们凄楚地坐在院子里，孩子们惊恐地瞪着大眼睛——文秀书记、秀儿姑娘、微笑阿姨，你真的再也回不到我们身边了吗？

弯弯曲曲的山路上，还回响着她的脚步声；家家户户的庭院里，还闪现着她的身影；枝繁叶茂的果林里，还辉映着她的笑脸……

6月19日下午，自治区党委宣传部常务副部长孙大光到田阳县巴别乡德爱村多柳屯，看望慰问黄文秀的家属，对黄文秀同志的牺牲表示沉痛哀悼和崇高敬意，号召广大扶贫干部将榜样力量转化为扶贫工作的强大动力，用心用力用真情，打好打赢脱贫攻坚战。

6月24日下午，广西壮族自治区政协副主席、中共百色市委书记、市人大常委会主任彭晓春来到黄文秀家中，看望她的父母。

“现在家里都还好吗？”“家里还有什么困难告诉我们，我们会力所能及地帮你们解决。”“你们一定要把身体养好，化悲痛为力量!”……彭晓春请黄文秀的父母保重身体，并要求田阳县及有关部门要关心好、照顾好黄文秀同志的家人，及时帮助他们解决工作和生活中的实际困难。

彭晓春把中共百色市委员会颁发的追授黄文秀同志为“百色市优秀共产党员”的荣誉证书交到黄文秀父亲手中。“我代表市委来看望您，感谢您培养了这么优秀的女儿，她是我们学习的榜样。现在全市、全区、全国人民都在向她学习，我们都为百色老区有这样的好女儿而感到骄傲。”

黄文秀的父亲接过荣誉证书，连声表示感谢:“党和政府为培养文秀付出了很多心血和代价，现在大家都来看望我，我心里很是感激。感谢你们，感谢党和政府关心、关怀。”

临走时，彭晓春告诉黄文秀的父母:“黄文秀很优秀，做出了很大的贡献，是时代的楷模，我们要向她学习。她现在不幸牺牲了，我们都很悲痛，但我们要化悲痛为力量，把她的英雄精神转化到工作中，努力把脱贫攻坚战打好，把小康社会建成。”

第二章

2

走出大石山

●多柳屯像一块黑黝黝的石头，隐藏在大山深处；

●大石山的皱褶里，孕育出一株嫩绿的幼芽；

●为了给孩子们一个较好的学习环境，黄忠杰带领全家搬出了大石山；

●黄忠杰虔敬地在田里播下了种子，也播下了生活的希望；

●在贫困的生活中，秀儿出落成了一个花季少女；

●第一次拿到国家助学金，黄文秀在日记本上写下心愿：他日学成，回报社会，回报家乡！

5.多柳屯人家

田阳县巴别乡德爱村多柳屯，是黄文秀出生的地方。

巴别乡位于田阳、德保、田东三县交界处，是出了名的大石山区和石漠化地区，也是田阳县自然条件最恶劣的乡。全乡范围内连一条小河也没有，超过九成的面积都是石山地，13个行政村中，曾有12个是自治区级贫困村。多柳屯所在的德爱村就是其中之一。

这里土地贫瘠，自然条件恶劣，常年干旱缺水，不能种植高产水稻，仅能种些传统的玉米、甘蔗等作物。

多柳屯是田阳县内距离县城最远的村屯，离乡政府所在地巴别街也有40多里。曾经有一条坑坑洼洼的山路，终年尘土飞扬，遇到下雨又泥泞不堪，村民去一趟乡里要走大半天。小屯不通电，更没有自来水。

只有几户人家的多柳屯，像一块干硬的石头，寂寥地沉睡在大石山深处的皱褶里。

多柳屯有一对壮族夫妻，丈夫叫黄忠杰，1949年9月出生。他生父姓李，后来过继给姓黄的亲戚，改为黄姓。

黄家共有5女3男8个兄弟姐妹，黄忠杰排行老七。因为家里实在太穷，初中没读完就回到屯里，开始挣工分了。

黄忠杰将近一米八的个头，身体强壮，有头脑，有胆量，种地是一把好手。虽然初中没毕业，但在当时的多柳屯，也算是一个文化人。

他从小就有理想，爱唱山歌、爱打篮球，样样都出色，一直渴望走出大山，去施展一下本领，干一番事业。但由于家庭贫困，出身成分不好，在那个“唯成分论”的年代，参军、入党、招干等都与他无缘，连婚姻也受到影响，直到28岁才结婚成家。

妻子黄彩勤，比黄忠杰小7岁，本屯人。

黄彩勤是一个苦命人，患有先天性心脏病，在三四岁时父母先后去世。她被哥哥姐姐抚养长大，从没念过书。

那个年代，村民们住的是竹木结构吊脚楼，底层养猪、养牛，二层住人。黄彩勤小时候，从吊脚楼上摔下来一次，幸亏掉到了一头老牛的背上，才算保住了性命。

黄彩勤嫁给黄忠杰之后，1978年生下一个儿子，取名黄茂益；两年后又生下一个女儿，名为黄爱娟。

原本就有先心病的黄彩勤，自从生下两个孩子，不仅心脏病加重了，还患上了脑膜炎、肺结核，田里农活儿不能干，就连家务也不能多做。

到城里医院去治病，花费太大。为了给妻子治病，黄忠杰找了不少土郎中，花了不少钱，欠下不少外债，导致家里更加贫困。

在丈夫的精心照料下，七八年后，黄彩勤的身体终于好转了。

1989年4月18日，黄彩勤生下第二个女孩儿。姐姐黄爱娟给小妹取名“黄文秀”——文文静静，秀秀丽丽，昵称秀儿。

可是，这个文静秀丽的小妹，却给家里带来了一场大乱子。

当时，村里的计划生育抓得正紧，第三胎属于“超生”。一天，计生工作人员来到黄忠杰家，牵走两匹马、两头牛，还罚了800块钱。

家庭本就贫困，添个孩子要花钱，又牵马牛又罚款，这当头几棒把黄忠杰打得晕头转向，喘不过气来。

妻子生下秀儿之后，又大病一场，连奶水也没有下来。秀儿，是奶奶用小勺子一口口喂大的。

今后的日子怎么过？一直这样穷下去，什么时候是个头？孩子们一辈子就憋屈在大石山里吗？黄忠杰时常琢磨这些问题，有时半夜醒来，这些问号，像蚊子一样在眼前飞来飞去。

“再也不能让孩子们憋屈在这大石山里了！”黄忠杰终于下定决心。

为了给孩子们寻找一个较好的学习环境，让他们今后能走上较为宽广的人生道路，黄忠杰决定：全家离开多柳屯，搬出大石山！

新中国成立后，由于国民经济基础薄弱等因素制约，到1978年改革开放前，我国农村绝对贫困人口仍有2.5亿之多，占农村人口总数的30%左右。

1978年，党的十一届三中全会之后，通过土地经营权转移、农产品价格提升、农村劳动力转移等方面的制度改革，极大调动了农民积极性，解放了农村生产力，从根本上缓解了农村的贫困状况，使农村绝对贫困人口下降到1.25亿。

1980年，中央设立支援经济不发达地区发展资金，1984年发布了《关于帮助贫困地区尽快改变面貌的通知》，在全国范围内划定了十八个贫困片区进行重点扶持，并开展了“以工代赈”贫困地区基础设施建设，农村贫困现象大幅度缓解。这一时期的诸多扶贫政策与措施，为后来扶贫工作的开展提供了宝贵的实践经验。

随着我国经济的高速发展，政府开始有计划、有组织、大规模地开展扶贫攻坚工作。

1986年，国务院扶贫开发领导小组正式成立，各级地方政府也成立了相应机构，负责本地扶贫开发工作。同年开始实施的贫困县制度，标志着我国扶贫思路从“人口瞄准”，即政府对贫困人口的直接救济转向“区域瞄准”。

1994年出台的《国家八七扶贫攻坚计划》提出，力争用7年左右时间基本解决全国农村8000万贫困人口的温饱问题。这是我国第一个有明确目标、明确对象、明确措施和明确期限的扶贫开发行动纲领。

扶贫攻坚的春风，吹到了巴别山区……

秀儿出生那年，政府也在号召贫困村易地搬迁，搬到外面自然条件好的地方生活。

这项易地搬迁政策，正符合黄忠杰的心愿，他觉得改变一家人命运的机会来了。

可是，黄忠杰从小就没有机会走出大山，外面的世界怎么样他真不了解。一家人究竟搬到什么地方去，更是心中无数。

说来凑巧，当时住在县城附近的文秀的二舅（文秀妈妈的亲哥）打电报过来（当时德爱村还没有电话，与外地的联系还靠写信，事情紧急的只有发电报），要向黄忠杰借200元钱。

电报上寥寥几个字，没说为什么要借钱，而当时200元钱对于黄忠杰这个穷困家庭来说，可是一笔“巨款”啊！

“家里这么穷，秀儿刚出生，她妈妈没有奶水，连奶粉都买不起，我还想去借钱呢，哪有钱来借给二舅哥呢？”黄忠杰双手捧着电报发呆，妻子也愁得说不出话来。

俗话说，张口容易闭口难，二舅哥不是外人，如果没遇到严重困难，也不会轻易向他这个穷妹夫开口借钱啊！

怎么办?

黄忠杰心里想：二舅哥开口借钱，肯定有很着急的困难了，我这个妹夫不能袖手旁观，更不能回绝，我再穷也一定要帮!

第二天一大早，黄忠杰马上四处登门去向其他亲朋好友告借，并用家里养的牛来做担保，好不容易才凑够了200元钱。

钱是借来了，可怎么寄出去呢?三十多岁的黄忠杰，一次也没有办过汇款这事呢。他又担心，这山高路远的，寄出去的钱二舅哥能不能收到啊?

当晚，黄忠杰躺在床上，愁得翻来覆去烙大饼，一夜没睡着。

天亮时，妻子对他说："你就亲自跑一趟田阳，把钱给二哥送过去吧，这样才牢靠。"

黄忠杰一想，也只有这样了。于是，他就赶到巴别镇，搭上开往田阳县城的班车，怀揣这笔"巨款"，亲自送到了二舅哥家。

见到妹夫亲自送钱过来，二舅哥乐坏了，双手捧着200元钱如获至宝，说妹夫你真是送来了"及时雨"，解了家里的燃眉之急。

黄忠杰这次在田阳县城，真正开了眼界，县城的发展让他看呆了!尤其是他发现，这里地势平坦，交通便利，用水用电都很方便，和大石山多柳屯真是天地之别。

走在田阳城里，黄忠杰真正体会到了政府要他们从大石山区易地搬迁出来的良苦用心，也更加坚定了他想要搬出大石山的决心!

于是，他郑重地对二舅哥说出了全家易地搬迁的打算。

二舅哥毫不犹豫地说："这事你想得对，我完全支持你!"

对于黄忠杰来说，这一趟田阳城之行的重大意义，既在于解了二舅哥的燃眉之急，更在于让他长了见识，成了改变一家人命运的契机。

6. 远行的“马帮”

在田阳城周边，黄忠杰开始寻找合适的安家地点。最后，选择了田阳城郊的三雷林场附近。

当时，黄忠杰有一个远房亲戚，是田阳县公路段的养路工。

亲戚说，三雷林场附近的那龙村有十亩荒地，要对外承包。如果把这块地包下来，既可以种玉米、甘蔗、木薯，还可以种木瓜、芒果，生产生活条件比多柳屯要好很多。

“附近有小学吗？孩子们能上学吗？”

亲戚说，附近有一个工厂子弟小学，会不会接收没有城镇户口的孩子，你可以去问问。

从亲戚家出来，黄忠杰就急切地去了那龙村。

那片荒地就在林场旁边，地势平坦，很适合耕种。黄忠杰站在地头，凝视着这片杂草丛生的荒地，仿佛看到了自己耕种之后的丰收景象，于是下定了决心。

他又向村里人打听小学在哪里，村民告诉他，离这儿不远有一个田阳绢纺厂，那里有子弟小学。

黄忠杰当即赶过去，询问孩子入学的事。校领导说可以来上学，他这才放了心。

土地是农民安身立命之本。要搬家，租地的事情需要首先谈妥。

听说大石山区的农民易地搬迁，要承包土地，当地政府十分支持。黄忠杰顺利签订了十亩土地的承包合同。

多年之后，黄忠杰还经常对孩子们说：“是党和政府帮我们协调承包了土地，这对我们家来说是大恩，这份恩情必须要回报。”黄忠杰的这番话，也在秀儿幼小的心里埋下了一颗知恩图报的种子。

经过一番收拾，全家人开始向那龙村搬迁。

黄忠杰牵出家里还剩下的一大一小两匹马，把被褥衣物高高地绑到马背上，把锅碗瓢盆挂在马腹两侧，两匹马就变成了两座小山；奶奶从箱子里拿出壮家“背儿兜”，把还不会走路的秀儿背在背上，胸前还抱了两只“咯咯”乱叫的老母鸡；年少的哥哥和姐姐赶着猪，体弱的母亲牵着牛。

叮叮当当，摇摇晃晃，马嘶牛哞，在蜿蜒山路上，黄忠杰一家犹如一队远行的“马帮”，怀着对新生活的憧憬，义无反顾地向前行进……

最初搬过来时，家里没钱，建不起房子，他们借住在亲戚的一间旧屋里。屋里连床都没有，全家人只好打地铺。

住处还没接通自来水，吃水要到附近的村民家去挑，但要付一定的水费。

电呢，是那位亲戚帮忙，从公路道班拉来电线。当电灯点亮的那一刻，全家人高兴得像过节一样。秀儿忽闪着大眼睛，拍着小手掌，嘴里“咿咿呀呀”喊叫不停，像是为新生活歌唱……

安顿下之后，黄忠杰就赶紧办理两个孩子上学的事。前前后后跑了好几趟，儿子和大女儿总算进入了绢纺厂子弟小学。

虽然从多柳屯搬了出来，但全家的户口仍然在原籍，孩子们在绢纺厂子弟小学属于借读生，因此每年要交一笔借读费。即使这样，黄忠杰也很满足。

那几天，黄忠杰总是一个人来到那片荒地上，一步步走过，一遍遍端详，那些在寒风里摇曳的衰草，就像一丛春天的禾苗，在他的胸中荡漾出碧绿的波浪……

7.播种希望

春天终于到了，黄忠杰扛起铁锹，兴致勃勃地走向那片荒地，挥汗挖掘，像个“愚公”。

他常常捧起一把黄土，低头闻闻，一股暖暖的气息温馨扑鼻，隐隐地有一股芬芳。

他虔敬地在田里播下了种子，也播下了生活的希望。

妻子有病，母亲年迈，孩子还小，全家的重担都压在了黄忠杰的肩头。但他觉得，心里有了希望，即使挑着重担，身上也更有力量，脚步也更加坚实。

他每天起早摸黑下地干活，种甘蔗、种玉米，养猪养鸡，喂牛养马。他坚信：在新的土地上，只要勤劳肯干，日子就会好起来。

每天早晨，看到两个孩子背着书包去上学，他心里更是欣慰。

在借住的那间房子里，一家人拥挤着凑合了两年。随着孩子们一天天长大，一间房子实在不方便。黄忠杰在田里的边角处平整了一片地基，打算建三间小平房。

虽说经过这两年的辛勤劳作，家里有了一些积蓄，但要建三间小平房，钱还是不够。红砖、白灰、梁檩、门窗这些物料必须花钱买，而垒墙砌砖的力气活儿就雇不起建筑队了，只好全家动手一起干，就连牛和马也都要披挂上阵，拉车驮物，气喘吁吁。

说是全家动手，其实壮劳力也就黄忠杰一个人。两个大孩子要上学，妻子体弱干不了重活儿，母亲和秀儿一老一小都出不了大力。但每到周末，儿子和大女儿就帮着搬砖和泥，牵牛拉马。母亲老当益壮，每天都把秀儿背在身后，干这干那不闲着。妻子也打起精神，包下了烧水做饭、洗衣买菜等全部家务。

就这样，全家忙碌了两个月，房子总算建了起来。虽说十分简陋，但毕竟有了属于自己的家，空间也大了许多。

当初，由于初来乍到，黄忠杰在承包的十亩田里种植的还是玉米、甘蔗、木薯等传统的农作物。辛辛苦苦劳作一年，虽说比多柳屯收成好，但日子还是紧巴巴。

为了多增加一些收入，黄忠杰又承包了林场的三块山坡地，种上了田阳香芒。

从种下幼苗到结出芒果，需要三五年时间。黄忠杰每天都要到田里照料芒果苗，浇水施肥，松土锄草，就像呵护自己的孩子。

穷人的孩子早当家。秀儿长到三四岁时，就开始帮着父亲干农活了。她喂鸡喂猪，牵马上山驮肥料、运庄稼，干得有模有样。

奶奶经常乐呵呵地夸赞："老话说，人看从小，马看蹄爪。等我们秀儿长大了，肯定有出息。"

8.走进花季

秀儿像一棵伸枝展叶的小树苗，虽然脚下的土地贫瘠，但头顶的阳光和煦温暖。在亲情的滋润下，在风雨的洗礼中，她一天天在长大。

一次，秀儿到邻居家去玩，正巧那家的孩子过生日。刚要进门，她看见屋里桌子上放着一个圆圆的、漂亮的大蛋糕，不由得怔了一下，随即转身跑开了。

长到五六岁了，秀儿还只是从画册上看到过生日蛋糕的图片，却从来没有吃过。别的小朋友过生日，都会向妈妈要生日蛋糕，秀儿从来没跟妈妈要过。每年过生日，都是奶奶煮上两个鸡蛋，说："今天是我们秀儿的生日，这鸡蛋多香啊！"秀儿接过鸡蛋，剥开壳，举到奶奶的嘴边说：“奶奶，您先咬一口！”

“大、小、多、少，日、月、水、火……”秀儿很早就开始学识字了。只要看到哥哥、姐姐有空，她就缠着他们给自己讲故事，教自己念书。

渐渐长大的秀儿也知道爱美了：“姐姐，我的头发长了，你给我剪剪吧。”她搬来一个小凳子，在姐姐跟前坐下来。

“好啊，我这就给你剪。”姐姐拿出剪刀和梳子，一边端详，一边给她剪头发。

“剪好了，真漂亮，我的手艺真高。”姐姐一边收起剪刀梳子，一边自夸手艺。

秀儿走到镜子前一照，就噘起了嘴：“不好，这次你剪得不好。”说着眼泪就流了出来。

“奶奶，姐姐把我的头发剪丑了。”她跑去找奶奶。

奶奶连忙用双手捧住她的小脸，端详着说：“嗯，这个爱娟哪，这次是把我们秀儿的头发剪得有点不好看，不如上次剪得好。”奶奶转过身，冲着爱娟喊：“爱娟，下次可要给秀儿剪漂亮点啊！”

姐姐赶忙过来，摸着秀儿的头说：“没问题，下次姐一定把你剪成个小美女，好不好？”

秀儿破涕为笑。

七岁那年，妈妈给秀儿做了一个漂亮的书包，姐姐领着她走进绢纺厂子弟小学。

在每一本新书的扉页上，秀儿都歪歪扭扭地写下自己的名字：黄文秀。

当时，田阳绢纺厂经济效益好，职工收入高，生活条件十分优越。

相比之下，黄文秀的家庭条件就差了很多。

一天放学后，秀儿抹着眼泪进了家门。

妈妈拉住女儿的手问道：“秀儿，你怎么哭了？”

听到妈妈这一问，秀儿“哇”的一声大哭起来。她一边哭一边说：“他们笑话我穿的衣服不好，还说我们家穷……”

爸爸走过来说：“又是那几个调皮的男孩子吧？”

“嗯。”她用手背抹着眼泪。

“秀儿，他们笑话你是不对的，让老师批评他们。”爸爸轻轻抚摸着女儿的头说，“秀儿啊，我们穿的衣服不好，但洗得干净啊！只要衣服穿得干净，那就是漂亮的。我们去上学，是学知识的，不是比吃穿的。你要长志气，好好学习，让他们也有羡慕你的地方。”

她觉得爸爸的手很温暖，很有力量，噙着眼泪使劲儿点了点头。

在秀儿的记忆里，还有一件事情特别难忘：家里能吃上大米饭了，奶奶煮出来的米饭真香啊！

以前在巴别山区多柳屯，没有水田，只能在旱田里种玉米，他们家一年到头总是喝玉米粥。孩子们吃上大米饭的愿望，只有等到过年时才能实现。

搬到田阳城郊后，这里的农民家家户户种水稻，但秀儿家没有水田，只有开垦的旱地，所以要想吃大米，需要花钱购买，但爸爸总是舍不得花钱买米。

到了稻子成熟时节，秀儿和姐姐也放假了。她俩发现，附近的稻田收割后，总会有一些遗落的稻穗，于是就告诉了奶奶。

到了黄昏，稻田的主人收工了，奶奶、妈妈、姐姐领着秀儿一起，经常去人家的稻田里捡拾遗落下的稻穗，拿回来后晒干、脱粒、去壳，得到一些白花花、亮晶晶的米粒，奶奶亲手煮成米饭。

哇！大米饭，香喷喷，全家人，真开心！

在三雷林场，黄文秀一家居住的山坡，靠近一片坟场。由于距离绢纺厂子弟小学较远，每次上学的时候，秀儿总是走路飞快，因此一些孩子就嘲笑她身上带有坟场飘出的“鬼气”。姐姐听说后，心疼妹妹，但是秀儿却没有生气，只是开朗地笑笑，仍然飞快地走路，迅速地做事，活脱脱一个开朗干练、朝气蓬勃的壮家小妹。

在绢纺厂子弟小学，秀儿考试经常得第一名，拿了很多奖状，把低矮破旧的墙壁贴得灿烂辉煌，给了奶奶和父母许多安慰。

每当秀儿拿着一张崭新的奖状交到爸爸手里，爸爸总会深情地对她说，做人要正直，要向善，要多读书，读书才能长本领。长大之后，要为社会多做贡献，这样才有自己的人生价值和意义。

秀儿忽闪着明亮的大眼睛，像一株夏日的向日葵，静静谛听，嘴角抿紧，坚定地点头……

黄忠杰爱唱山歌，是巴别山区有名的“山歌王”。遗传了父亲的歌唱基因，黄文秀有一副甜美的嗓音。在绢纺厂子弟小学，她经常在演唱会上一展歌喉，获得了“小小刘三姐”的美称。

她非常喜欢父亲教给她的一首歌——《壮家少年在红旗下成长》，放学路上，她总会蹦蹦跳跳地唱起来：

红艳艳的木棉在南疆开放，
壮家的少年在红旗下成长。
教室里，操场上，
好好学习，天天向上。
心儿红，身体壮，
革命重任我承当。
啊……
壮家的少年像春天的花朵，
像茁壮的秧苗，
沐浴着灿烂的阳光。
……

日子过得很快，黄文秀出落成了一个亭亭玉立的花季少女。

少女走进灿烂花季，但也走到了每个孩子都会出现的逆反期。可是，黄文秀仿佛是个例外：在家里，她从来没有跟父母顶过嘴；在学校，她从来没有和同学吵过架。

黄文秀曾经在日记里写道："我生于贫困家庭，长于贫困环境，没有资格'逆反'。"

9."我辈当自强!"

2004年9月，15岁的黄文秀考上田阳高中。

入学后，她进入了重点班。

在班主任李品忠老师眼里，黄文秀的学习有"三好"：政治好、语文好、英语好。她非常关心国家大事，经常表示长大要为社会做贡献，身上充满了蓬勃向上的能量；她的作文写得好，常被当作范文展示；她学习英语非常用功，那时就能用英语写信了。高一的时候，她担任了班里的学习委员。

李品忠老师教历史课。上第一堂课时，李老师问："哪位同学能讲讲田阳和壮族的历史渊源？田阳有哪些重要的历史人物和历史事件?"

同学们都静悄悄的，黄文秀一时也答不上来。"书到用时方恨少啊!"她在心里想。

"好，今天第一课，就从田阳的历史讲起。"李老师转身在黑板上写下两个大字：田阳。

田阳古称田州，地处右江河谷中部，是壮族人文始祖布洛陀的故乡。

据壮族民间传说，很久很久以前，一个夜晚，田阳境内的敢壮山上闪出一道金光，瞬间照亮了天空，照亮了右江盆地，随之降生了一个婴儿，这就是布洛陀。

布洛陀是壮语的音译，有“山里的头人”“山里的老人”和“无事不知晓的老人”等意思。

布洛陀长大后，智慧超群，力气过人，德高望重，成了壮族的创世始祖。布洛陀和一位美若天仙的女子结为夫妻，女子叫姆六甲，是壮族的母娘。

传说中，布洛陀开天地、定万物、取火种、开红水河、造谷物、造牛、造屋、造铜鼓，并且安排秩序、制定伦理，是壮族的圣神。

在壮族的历史上，有许多著名人物，瓦氏夫人就是其中一位。

瓦氏夫人是明朝人，壮族著名的抗倭女英雄。

嘉靖三十三年（1554年），中国沿海频频遭受倭寇侵扰，严重威胁着人民的生命财产安全。

明朝廷下令，让广西壮族土官所领的“俍兵”前往东南沿海抗倭。于是，两广总督就征调田州土司岑大禄领兵出征。当时，岑大禄虽有土司官位，但尚年幼，他的曾祖母瓦氏夫人就亲率广西6000俍兵，前往江浙前线抗击倭寇。年近花甲的瓦氏夫人以“誓不与贼俱生”的气概，在金山卫大战倭寇，毙敌4000余人，打破了倭寇不可战胜的神话，为保国安民立下了赫赫战功，被明嘉靖皇帝封为二品夫人。

瓦氏夫人从抗倭前线凯旋乡里，不久病逝，埋葬在田阳那豆屯附近。

在中华民族抗击外敌入侵的历史中，瓦氏夫人堪称“巾帼英雄第一人”。

1995年，田阳县在那豆屯附近兴建了瓦氏夫人纪念陵墓。

在中国革命的历史上，田阳也是英雄辈出。

1923年，革命先驱韦拔群在田阳一带发动农民群众，开展反抗苛捐杂税的斗争。田阳境内的敢壮山一带，是重要的革命纪念地之一。

1929年12月11日，邓小平、陈豪人、张云逸等共产党人，领导了著名的百色起义，建立了中国工农红军第七军，在田州镇成立了田阳县苏维埃政府，田阳是百色起义的主战场之一。

……

这堂历史课后，黄文秀在她的笔记本上写道："田阳大地，我可爱的家乡！建设新田阳，我辈当自强！"

10."向日葵"的心愿

由于家庭贫困，通过层层筛选，黄文秀得到了国家助学金。

第一次拿到助学金时，黄文秀心底涌起一股热流，耳边顿时回荡起那首特别喜欢、特别熟悉的歌曲："感恩的心，感谢有你，伴我一生，让我有勇气做我自己；感恩的心，感谢命运，花开花落，我一样会珍惜……"

回到宿舍，打开日记本，她眼含泪花，写下了自己的心愿：我要心怀感恩，回报社会。

高中住校，黄文秀生活非常俭朴，在饭堂总是买最便宜的饭菜，从不吃肉，为的是给家里节省几块钱。

有个要好的同学问黄文秀："秀儿，你怎么总是不吃肉啊？"

“吃肉容易发胖，我喜欢自己苗条些。”黄文秀笑着说。

虽然自己很节俭，但她的身影常常出现在公益捐助现场。

黄文秀性格开朗，敢做敢说，特别喜欢和同学们交流。虽然生长于贫困家庭，但她却像一棵朝气蓬勃的向日葵，青葱挺拔，丽颜含笑，栉风沐雨，向阳绽放。

黄文秀非常喜欢向日葵，喜欢向日葵昂然挺拔的茎秆，喜欢向日葵阔大碧绿的叶片，喜欢向日葵永远迎着太阳绚丽绽放的笑脸，更喜欢向日葵追逐梦想、矢志不渝的精神品格。

她自己制作的书签上，每一枚都是金灿灿的向日葵。

多少年后，她生前画的最后一幅水彩画，仍然是几株灿烂绽放的向日葵！

高中政治老师韦琳至今记得，文秀上学时总是到得早、走得晚，虽然家庭生活困难，但她常常面带笑容，每次看到她都是满满的正能量。

放学后，黄文秀总是先把教室地面打扫得干干净净，然后再洗一块抹布，擦黑板、擦讲桌、擦玻璃，常常忙得额头汗津津的。

一次开班会，老师让同学们分享心中的理想，畅谈人生未来的打算。黄文秀说：“我的家庭贫困，受到政府资助，才有了今天的学习生活。今后，我就是想考出去，上个好大学，以后争取回老家工作，为家乡做一些有意义的事情。”

彼时年少，同学们对黄文秀这样的人生规划还没有太深的感受。但对于黄文秀来说，这是她的心声和对故乡的庄重承诺。

2007年夏天，黄文秀第一次参加高考，成绩512分，离二本线仅差5分。

照这个分数，如果选择读三本，也可以选一个很好的学校。但三本学校收费太高，每年仅学费就要交一万多元，再加上食宿花费，每年最少也要两万元。黄文秀知道，自己家里拿不出这么多钱，于是，她选择到百色祈福高中复读。

百色祈福高中，是通过广州市政协原主席、中国扶贫基金会副会长陈开枝牵线搭桥，由香港祈福国际投资公司董事长彭磷基捐资创办的，是广州帮扶百色教育的“品牌工程”。

在百色市教育基金会的资助下，黄文秀走进了百色祈福高中的校园，成为该校2007级文2班的学生。

虽然经历了一次高考失利，但黄文秀依然是那棵朝气蓬勃的“向日葵”，依然是那个活泼开朗、爱说爱笑的女孩，只是她学习得更用功、更刻苦了。

“秀儿，放学了，走啊！”同学们招呼着。

“嗯，这就走。”每天放学后，她总是最后一个离开，常常留在教室整理学习笔记、完成作业或者预习新课。

课堂上，同学们常常听到她提出一些独到而深刻的见解。她还经常带着问题来到老师的办公室，向老师请教，并和老师讨论。

青春靓丽的黄文秀，也不是一个死读书的女生，她非常乐意享受校园里的金色年华。课间里，她和同学们嬉笑着跑出教室，或凭栏远眺、静思默想，或聚集廊下、谈笑风生，或相互讨论、答疑解惑；运动场上，短裤短发的她就变成了一个假小子，抢断跳投、挥拍扣杀、飞奔冲刺、呐喊助威，一任激情澎湃，尽展青春风采。

她在成长中学习着，也在学习中成长着。

在百色祈福高中，学校给黄文秀减免了学杂费，还给她发放了普通高中助学金、家庭经济困难学生补助，帮助她顺利完成了学业。

每一次领到助学金或补助款时，黄文秀总是泪眼蒙眬，一次次在心里默默重复着自己的心愿：他日学成，回报社会，回报家乡！

1996年7月，党中央、国务院决定开展东西部扶贫协作，广州对口帮扶百色，时任广州市常务副市长的陈开枝负责这项工作。当年11月28日，陈开枝第一次来到百色，从此与这片红色土地结下了不解之缘。

2017年12月9日，身为广东省老区建设促进会会长的陈开枝，开始了他第101次在百色扶贫的行程。

中午，陈开枝来到田阳县那满镇广新家园，这是广州市援建的扶贫生态移民示范村。

当时，已在那满镇挂职党委副书记3个月的黄文秀，负责对接陈开枝一行，恰好与从未见过面的恩人陈开枝相遇了！如此机缘巧合，黄文秀异常惊喜！

“陈爷爷，我们祈福高中的同学都记得您！”在广新家园欢迎现场，黄文秀激动地对陈开枝说，“虽然您没有见过我，但我一直记得您。没有您就没有我的今天！每一位祈福高中毕业的孩子都感激陈爷爷，因为教育带来的益处是一生的。”

得知黄文秀在北师大硕士研究生毕业之后，怀揣感恩之心回到了百色山区，陈开枝欣慰地笑了。他勉励黄文秀，要努力工作，帮助更多人脱贫。

陈开枝老人不会料到，眼前这位知恩图报的百色女孩，后来为家乡的扶贫事业献出了年轻的生命……

黄文秀不幸遇难后，百色市委宣传部的领导和同事第一次来到田州镇她的家。

想到工作中总是面带微笑、充满活力的文秀，她的同事、好友成明不禁泪流满面：“文秀在百坭村的扶贫工作实在太忙，没有办法尽孝。最近一次和我谈到家里患病的父母时，平时总是面带微笑的文秀，眼里泛着泪光。”

黄文秀年过六旬的母亲，腕上戴着一个手镯，内侧刻着“女儿爱你”。那是妇女节时，文秀从网上给妈妈买的礼物。

“文秀很懂事，很孝顺。就在前几天，她还亲手喂我吃药……”回忆起女儿，父亲黄忠杰几度哽咽。他经过两次手术，吃饭吞咽困难，但他说：“我现在每天都努力吃东西。虽然很难吃下去，但是为了让秀儿放心，我也要拼命吞下去……”

面对前来慰问的领导，黄忠杰代表全家谢绝了慰问金：“党培养了文秀，她因公牺牲，我为有这样的女儿感到骄傲。我们没有什么要求，不能给党和国家添麻烦。这些钱，村里的扶贫工作用得上。”

第三章

3

一路阳光

●她从广西百色走进了山西长治学院；

●百色和长治都是革命老区，红色血脉遥遥相通；

●尽管家境贫困，她却把贫困补助金让给了别的同学；

●在勤工助学的日子里，她像一只紫燕，啄春泥，筑未来；

●在大学生活的四年里，她完成了一次次出色的跳跃；

●她选择加入党组织，我心灿烂；

●她心向远方，大学毕业后考取北师大研究生……

11.紫燕啄春泥

长治，古称上党、潞州、潞安，在山西省东南部，是晋冀豫三省交界处，全境位于由太行山、太岳山环绕而成的上党盆地中。

长治是革命老区。抗日战争期间，八路军在此建立了革命根据地，是中国人民英勇抗日的主战场之一，有“八路军故乡，子弟兵摇篮”之称，名震中外的刘邓大军，曾在这里长期驻守和浴血奋战。

2008年夏天，黄文秀从百色祈福高中毕业后，考入了山西长治学院政法系（现为思想政治教学研究部），成了思想政治教育专业的本科生。

“长治？长治在哪里？你怎么报考这个学校？”同学们一脸茫然地问黄文秀。

她说：“太行山知道吗？”

“知道啊。”

“长治就在太行山中段，抗日战争期间是革命根据地，八路军总部曾经设在长治境内，朱德、彭德怀、左权、刘伯承、邓小平等老一辈革命家都曾在长治居住、战斗过。”

“看来你是早有预谋啊！”

黄文秀和同学们大笑起来……

秋季开学，黄文秀要去山西长治学院报到。

黄忠杰本想亲自送女儿去学校，但想到路费是一笔不小的开销，就放弃了，这成了黄忠杰人生莫大的遗憾。

19岁的黄文秀，背着背包，拖着行李箱，独自一人离开田阳老家，踏上了遥远的求学之路。

从未出过远门的黄文秀，第一次离开百色只身远行——跨过右江、邕江，越过长江、黄河，行程将近2000公里，从南方到北方，从敢壮山到太行山，从红土地到黄土地。

不知不觉中，黄文秀完成了人生的一次重要转折，从一个花季少女成为一名大学生。

入学后，学院政法系党总支书记程过富问黄文秀：“你考的成绩还不错，为什么要从遥远的百色来长治？这两地可是相距将近2000公里呢。”

黄文秀说：“我们百色是革命老区，当年邓小平领导了百色起义；长治也是革命老区，抗日战争时期是刘邓大军驻守和战斗过的地方。百色与长治虽然相距遥远，但红色血脉相依相通，我很想到这里来。”

开学典礼那天，黄文秀和同学们兴高采烈地唱起校歌《一路阳光》：

太行山高，
漳河激荡，
这里是放飞梦想的地方。
团结严谨，
敬业创新，

青春伴随祖国一起成长。

……

啊，我们的前程一路阳光……

晚上，她在日记里写道：“今天，我和同学们唱了校歌，朗诵了‘求真、求实、求善、求美’的校训。我想，‘真善美’最终都需要用自己的实际行动去实现。我要利用这宝贵的四年时间，努力提升自己的‘真善美’品格，放飞梦想，一路阳光。”

那天，黄文秀趁开学之初的空闲，专门前往上党战役旧址参观。

1945年秋天日本投降后，国民党反动派为抢夺胜利果实，侵入长治，引发了著名的上党战役。

在刘伯承和邓小平的亲自指挥下，我军取得了上党战役的重大胜利，晋冀鲁豫根据地日益巩固，成为后来我党夺取全国政权的重要基地。

透过历史风烟，黄文秀仿佛听到了激越嘹亮的冲锋号声，仿佛看到了革命先烈抛头颅洒热血在所不惜的英勇形象，心中激起了对革命先辈的无限崇敬。

通过这次参观，黄文秀还读到了时任国家副主席习近平2009年5月25日在视察八路军太行纪念馆时，对太行精神作出的诠释和解读：“结合新的实际与时俱进地大力弘扬太行精神，坚定正确的理想信念，始终保持对党对人民对事业的忠诚；坚持执政为民的政治立场，始终保持同人民群众的密切联系；锤炼坚忍不拔、百折不挠的品格，始终保持知难而进、奋发有为的精神状态；坚守党的政治本色，始终保持艰苦奋斗的优良作风，为推动经济社会又好又快发展提供强大精神动力。”

黄文秀把太行精神恭恭敬敬地抄在了笔记里：不怕牺牲、不畏艰险；百折不挠、艰苦奋斗；万众一心、敢于胜利；英勇奋斗、无私奉献。

她还写道：辉煌岁月，丰功伟绩，彪炳史册！太行精神，永志不忘，光耀千秋！

第二天，黄文秀和班主任阎建华老师说起了这次参观的感受。

阎老师对她说："你是百色起义精神孕育出来的儿女，来到长治学院又得到太行精神滋养，广西百色和山西长治的红色血脉熔铸在你的身上，希望你做一名热爱祖国、无限忠诚、不畏艰险、勇挑重任的新时代新青年，走好自己的人生路。"

黄文秀把老师的期望默默地记在了心里。

当初，得知考上了理想大学的那一刻，黄文秀喜上眉梢，转而又忧上心头。

虽说学院的收费不高，但每年的学费和生活费加起来也要上万元。

而这一年，年近三十岁的哥哥，筹备结婚，需要钱；家里住了十多年的小平房，破旧不堪，透风漏雨，准备翻修，需要钱；患有先心病的母亲，常年看病拿药，也需要钱……

"家里哪有这么多钱呢？"黄文秀有些惶惑。

父亲在院子里踱来踱去，也在琢磨着如何为秀儿筹措学费呢。

黄文秀沉思了一会儿，走过去对父亲说："阿爸，我今年就不去了，今后再考吧！"

一向和蔼的父亲把脸一沉："你说什么鬼话哟？就是砸锅卖铁，也要让你上大学！"

最终，国家对农村贫困家庭大学生的助学贷款雪中送炭，黄文秀才得以顺利走进大学之门。

"如果没有国家的救助，我连中学都上不成，哪里有机会上大学呢？"黄文秀经常把这句话挂在嘴边。

学费问题解决了，但一日三餐、穿衣起居等生活费用，也需要花钱，可黄文秀从不对老师和同学讲自己家庭的困难，也不去申请助学金。

在老师和同学们眼中，黄文秀开朗爱笑，一身朝气，积极向上，好像学习和生活一切都顺风顺水，没有什么困难。

后来，班主任阎建华老师知道了黄文秀家里的贫困状况，就为她申请了贫困补助金，但黄文秀却不肯接受，她说："把贫困补助名额让给更有需要的同学吧。"

从此，黄文秀开始了边读书、边打工的大学生活：走进熙熙攘攘的超市做促销员，站在烈日炎炎的街头发传单，来到商场销售点读机，还兼做几份家教……

在校园里，每个周末都能看到黄文秀骑着单车飞驰而过的身影。她像一只紫燕，翩跹飞舞，啄来春泥，筑造未来。

为了节省路费，大学期间的4个暑假，她一次也没有回过家，打工成了她假期生活的全部内容。

即使在寒假回到家里，她也要帮着父亲去干农活，还经常到农贸市场去卖自家的农产品，面带微笑吆喝着招徕顾客："鸡蛋、鸭蛋、木瓜干，美味好吃，尝一尝了……"

2010年初，来自江苏无锡市的爱心企业家吴先生，在长治市做一个太阳能项目。他偶然听到一位朋友说，有个来自广西百色的壮族女生，家境贫困，常年打工，非常辛苦。经过详细了解，吴先生被黄文秀自强不息的精神所感动，当即决定：资助这个素未谋面的壮族学生。

吴先生的这次善举，给了黄文秀极大的影响，也让他们结下了一段长达十年亲若父女的动人情缘……

12. 真心无悔

军训结束后，黄文秀得知，新生就可以申请入党。于是，她在第一时间写了入党申请书，郑重地交给了班主任阎建华老师。

她在入党申请书中写道："只有把个人的追求融入党的理想之中，理想才会更远大；为了使自己活得更有意义，生存更有价值，我迫切要加入中国共产党。"

阎老师发现，这个来自百色革命老区的壮族女生，有着坚定的理想信念，有着对马克思主义的强烈信仰，这在同龄青年人中并不多见。

递交入党申请书后，无论学习上还是生活上，黄文秀都以共产党员的标准要求自己。

在课堂上，在图书馆里，在校园的藤萝架下，她像一只小蜜蜂，辛勤地采撷着知识的花蜜；在救助困难同学的捐款现场，她第一时间伸出援助之手，全然忘记了自己还是个贫困生；在班级活动中，她每一次都积极参与，出谋划策，非常看重集体荣誉。

第一学年，黄文秀未被列为入党积极分子，但她每季度仍然向系党支部递交思想汇报。

她对老师和同学们说："我从百色革命老区来到长治革命老区，时刻受到革命先烈精神的洗礼浸润。没有党和国家的帮扶资助，我很难上大学。我选择读思想政治教育专业，选择加入党组织，都是由衷的、无悔的。"

家境贫困，生活简朴，吃最便宜的饭菜，穿最朴素的衣裙，但黄文秀依然是那个乐观爱笑的女生。在长治学院的校园里，黄文秀每天都快乐得像一只林间鸣啭的小鸟，为生命而歌，为生活而唱。

虽然来自贫困山区，但她就像山顶的一片白云、山溪的一朵浪花，不忸怩，不羞涩，与人相处总是落落大方，坦荡真诚。

走在校园里，每当遇到老师，黄文秀都会恭敬地问上一声“老师好”；遇到同学，她也是微笑着主动打招呼。

很快，大家都喜欢上了学院里这个唯一的壮族女生。

黄文秀经常对同学们讲起广西的自然环境、民俗文化、生活环境。她说：“广西的自然风光很美，壮族文化丰富多彩，山里人也都很好客，欢迎你们去看看。”

尽管学习很紧张，黄文秀对班里的工作仍然非常上心，脏活累活抢先干，从不耽误，更不抱怨。

那天，学校通知同学们：早晨七点半，到餐厅三层打扫卫生。

由于是周末，又那么早，很多同学都赖在被窝里不愿起床。

黄文秀准时来到餐厅，一个人忙碌了起来。她一边干活，一边哼唱着小时候喜欢的一首儿歌：“我是一个粉刷匠，粉刷本领强。我要把那新房子，刷得更漂亮。刷了房顶又刷墙，刷子飞舞忙……”

拖地板、擦桌子、洗水池，她干得认真细致，就像打扫自家的厨房。

等到有同学过来时，黄文秀已经快把卫生打扫完了。同学们都很诧异：真的很少见这么勤快的女生！

在长治学院，任课老师对这位壮族女生的一致评价是：开朗乐观、活泼向上、勤奋刻苦、品学兼优、信念坚定，是一个似乎永远不知疲倦和烦恼的姑娘。

黄文秀不是校园里的风云人物，但每次有志愿服务活动，她总是第一个报名，并且兴致勃勃全身心投入其中。

在清苦的生活中，黄文秀能苦中作乐；在紧张的学习之余，黄文秀喜欢上了书法和绘画。

她买来一本王羲之的《兰亭序》字帖，买了价格最低廉的笔墨纸张。每当夜晚学习得累了，她就展开毛边纸，在一个小塑料盒里倒上墨汁，执起一管兼毫毛笔，一笔一画地临写起来："永和九年，岁在癸丑，暮春之初……"

当写到"此地有崇山峻岭，茂林修竹，又有清流激湍，映带左右"时，她的眼前就出现了父母在敢壮山下种植的玉米、甘蔗和芒果树，耳边就听见了老屋前的右江在浩浩流淌……

同班、同宿舍、睡上下铺的秦栋艳对黄文秀记忆犹新，至今说起文秀仍然无限感慨：

> 第一次见到文秀是在大学新生入学的那天，我拖着行李走进学校安排好的301宿舍，看到一个女生正在收拾床铺。她长得很漂亮，皮肤白皙。我俩打了个招呼，当时她说话还带有明显的广西口音，她自我介绍说："我叫黄文秀，你可以叫我阿秀。"
>
> 301宿舍住着6个女生，另有1位其他宿舍的女生经常来我们宿舍串门聊天，跟大家的关系比较好，于是我们给自己起了一个外号叫"七仙女"。
>
> 刚开始，大家彼此间还有些拘谨，但随着接触的深入，大家对文秀的了解也越来越多，觉得文秀热心善良、责任心强，于是就推举她当了舍长。
>
> 文秀欣然接受，乐意为大家服务。她总是积极地打扫宿舍卫生，安排好宿舍的各种活动，帮助舍友打水、打饭。在舍友们需要帮助的时候，文秀总是热心伸出援手。
>
> 文秀的兴趣多，爱好广泛，喜欢写毛笔字，喜欢画画，喜欢弹吉他，喜欢看电影，是一个不折不扣的行动派，决定要做什么就立刻去做。
>
> 勤工俭学是文秀大学生活很重要的一项内容，尽管家

里生活困难，但文秀始终乐观对待，从不叫苦叫累。她是宿舍里最风趣幽默的人，总能出其不意讲一些有趣的笑话，逗得大家捧腹大笑。我们都称文秀为“301开心果”。有文秀在的时候，宿舍里总是笑声不断。

南方人来到遥远的北方生活，文秀也有些水土不服。她喜欢吃米饭，可学校食堂以面食为主；她习惯独立的宿舍浴室，可学校只有大澡堂。很快，文秀就适应了大澡堂，也爱上了山西面食，学校的茄子面成了她的“最佳美食”。

大学四年，我们一起去教室，一起泡图书馆，一起参加社团活动，一起表演晚会节目，一起去孤儿院看望孩子……我们一起笑过、哭过，成了无话不谈的好闺蜜。

临近毕业时，文秀召唤全体舍友备战考研。我原本没有这个积极性，是文秀推心置腹的话语，激发了我的梦想。在文秀的影响下，我们301宿舍的姐妹相互帮助，互相鼓励，共同进步。

最终，我们301宿舍集体考研成功，成为学校的“明星宿舍”。

毕业那年，舍友们一起出去游玩，经过一条小路时，芳草萋萋，绿叶蓊郁，鲜花艳丽，空气清新，弯弯曲曲的小路伸向远方，仿佛没有尽头。文秀给大家拍了很多美丽的照片，我至今依然记得那条幽静的小路，记得热情的文秀……

从长治学院毕业后，舍友们天各一方，见面的机会不多，但一直通过微信保持联络，并彼此牵挂着，文秀依然是微信群里最活跃最有趣的那一个“仙女”。我们舍友曾组织过几次短暂的聚会，文秀曾到南京找我一起游玩，我也曾去北京看望读研究生的文秀。

文秀研究生毕业后，回到百色，工作很忙，尤其是担任了百坭村第一书记之后，就更没有外出游玩的时间了。

2019年清明节假期，文秀邀请我去百色玩几天，于是我去了百色。

文秀带我去吃好吃的，去好玩的地方，给我介绍当地的风俗特色。我们一起拍了很多照片，每天都要聊天到深夜。文秀给我讲得最多的，是百坭村的故事，以及她对于百坭村脱贫致富的想法。

临别的时候，我们相互拥抱，打趣说：下次见面可能就是彼此的婚礼现场了。

我无论如何也没想到，那竟是我和文秀的最后一次见面！

两个月后，当我和宿舍的姐妹们再次来到百色时，参加的却是文秀的葬礼！

走进追悼会现场，看到文秀的黑白照片被各种鲜花簇拥着，那一刻，是我后来很长时间都不愿再回忆的一个场景……

因为每当我的脑海里出现这个画面的时候，一股巨大的悲痛就会瞬间穿透全身，脑袋仿佛被炸裂一般，眼泪就会不断地往下流……

我试图寻找各种理由安慰自己，但终是徒劳。文秀真的离开了，舍友们再也听不到她的笑声、收不到她的信息，也等不到她的婚礼了，太多美好的期待随着她的离开而变成永远的追忆……

我第三次来到百色，是文秀牺牲两个月后的8月份了。

当时我接到文秀姐姐黄爱娟和广西电视台的邀请，录制纪念文秀的电视访谈节目。我的心情原本已经平复了许多，可当我在录制现场再次回忆起此前和文秀的点点滴滴时，依旧悲从中来，泪流满面……

不过，通过这次节目录制，我遇到很多曾经关心、帮助过文秀的人，听到了更多关于文秀的故事，这让我对于文秀的离开稍感释怀。

那天晚上，我给文秀写了一些话：

亲爱的秀儿，很久没有收到你的信息了，好几次梦见你回来看我，都是微笑着的。你说你一切都好，让我别难过，别担心。我时常想起我们曾经很多美好的瞬间，并坚信终有一天我们会再次相遇。

秀儿，若有来生，我们还睡上下铺，我们还做无话不谈的好闺蜜。

秀儿，若有来生，希望你可以穿着漂亮的鱼尾裙，与心爱的人走在一起，一辈子平淡满足。

秀儿，我亲爱的秀儿，我太想你了！

13.出色的跳跃

黄文秀虽然是一个女生，但内心却是一个勇士。面对磨难，她从不后退，从不叹息，总是笑对生活，热爱生活，矢志前行。

在中国革命史课上，老师讲到了中国工农红军，讲到了二万五千里长征，讲到了血战湘江、爬雪山、过草地、强渡大渡河、飞夺泸定桥、突破腊子口……老师讲得神采飞扬，黄文秀听得热血沸腾。

课后，她在笔记本上工工整整地抄写下毛泽东主席这段描绘长征的文字：

“长征是历史纪录上的第一次，长征是宣言书，长征是宣传队，长征是播种机。自从盘古开天地，三皇五帝到于今，历史上曾经有过我们这样的长征吗？十二个月光阴中间，天上每日几十架飞机侦察轰炸，地下几十万大军围追堵截，路上遇着了说不尽的艰难险阻，我们却开动了每人的两只脚，长驱二万余里，纵横十一个省。请问历史上曾有过我们这样的长征吗？没有，从来没有的。”

每当翻看笔记本，每当读到这段话，黄文秀就禁不住心潮澎湃。她对长征心驰神往，情有独钟。她总在想：“如果有机会，我一定要沿着红军的足迹，走一趟长征路。”

此后，黄文秀练习毛笔字，就多了一篇新的文字内容：“红军不怕远征难，万水千山只等闲。五岭逶迤腾细浪，乌蒙磅礴走泥丸……”

在那次历史课上，老师给同学们推荐了埃德加·斯诺的《西行漫记》。

没顾得上吃午饭，黄文秀跑去书店，买了一本红色封面、中英文对照的《西行漫记》。在回学校的路上，她就忍不住埋头读了起来，以至于走过学校大门很远了，她才回过神来。

此后，长征成了她心中的一条永远鲜艳的红飘带，《西行漫记》成了她手头的必备书籍，对她影响深远。

十年之后，当黄文秀前去百坭村担任驻村扶贫第一书记时，这本《西行漫记》还带在身边。直到她不幸遇难，这本书仍然静静地放在她的床头……

在长治学院，黄文秀完成了一次次出色的跳跃，如蛹化蝶，振翅高飞。

刚入学时，由于与来自发达省区的同学在教育基础方面的差距，再加上语言沟通问题，黄文秀第一学期期末考试的成绩并不理想。

黄文秀找到班主任阎建华老师，说出了内心的困惑。阎老师耐心地开导她：“要相信自己，找到差距，找对方法，刻苦努力，你一定能后来居上。”

老师的话给了她很大鼓励，从此她像一条充满活力的鱼儿，在知识的海洋里游得更加欢畅。

黄文秀非常喜欢马克思主义哲学课。课间休息时，她总是虚心向杜利英老师请教。她经常带着一个厚厚的笔记本，里面密密麻麻记录着读书心得，前往杜老师的办公室，和老师探讨对马克思主义经典文献的理解。

杜利英老师说："像黄文秀这么年轻的学生，对马克思主义哲学如此兴趣盎然，由衷喜爱，是非常难能可贵的。"

郭慧珍老师讲授的是马克思主义基本原理概论，每次上课时，黄文秀总是坐在课堂的最前排，听得认真，记得仔细，按时完成作业，并经常有自己的独到见解。下课后，其他同学都走了，黄文秀还要向老师请教，和老师讨论，交流自己的学习心得。

讲授普通逻辑学的李豫晋老师，对黄文秀的印象非常深刻："她阳光向上，勤奋好学，并且有强烈的责任担当精神。上课的时候，她总是最早来到教室。她很有思想，特别喜欢和老师交流自己的想法。"

"为什么这个逻辑关系会是这样？""为什么只有搞好民族团结才能实现共同繁荣？""学习经济学，怎样才能有助于把贫困地区的经济搞好？"对很多理论和实践问题，黄文秀思考得广泛而深刻。对于很多年轻人来说，思政专业的课程往往比较枯燥，但她却甘之如饴。

她惜时如金、孜孜不倦，默默地下着心无旁骛、静谧自怡的功夫，像海绵一样汲取知识的琼浆玉液，又如春笋一般积蓄着破土而出的力量。

苦心人，天不负；有志者，事竟成。到了大三，她的总成绩已经进入班级前十名。

2011年6月11日，黄文秀光荣地加入了中国共产党。

在鲜红的党旗下，她举起右臂郑重宣誓："为共产主义奋斗终生，随时准备为党和人民牺牲一切！"从此，践行对党的铮铮誓言，成了黄文秀心中最高的追求。

得知女儿入党的消息后，父亲对她说："你要为党工作，回到家乡来。因为我们家也是农村的，我知道农村工作最啰嗦、最难做，但是你一定要做，为党工作你一定要做得出来，做一个干干净净的人民公仆。"

黄文秀记住了父亲的话。

大四时，老师布置了一道思想政治教育学原理分析题——"一个理想主义者在贵州山村"，其中讲述了华中农业大学硕士研究生徐本禹自愿放弃学籍到乡村支教的故事。

阅读了徐本禹的事迹后，黄文秀心里充满了敬佩与感动，她在日记里写道："徐本禹的人生价值选择是正确的，他的奉献精神值得我学习。"

从此，黄文秀心里又多了一个人生榜样。

在长治学院的四年学习生活，黄文秀给老师和同学们留下了极为深刻的印象。

班主任阎建华老师这样评价黄文秀："文秀读大学的往事，依然历历在目。我们欣喜地看到，红色的基因在文秀身上得到了延续。文秀在长治学院就读期间就表现出了刻苦学习、信念坚定、热爱家乡、甘于奉献的品格，从不向老师和系部提困难。她那乐于助人、关怀同学等优秀的品质，老师们有目共睹，同学们交口称赞。"

14. 心向远方

最后一个学年，开始撰写毕业论文。

刘隆是黄文秀的毕业论文指导老师。为了写好毕业论文，黄文秀经常找刘老师就论文中遇到的问题与困惑求教、交流。

“与很多抱着应付了事心态的学生不同，黄文秀对自己的毕业论文非常认真，为了写好论文，她主动修改了6遍，这是我任教以来见到的最认真的学生。”这让刘隆老师非常佩服。

至今谈起黄文秀的毕业论文，刘隆老师还是非常赞赏：“她的论文论点新颖，论据丰富，论证缜密，是一篇不可多得的好论文。”

在与党总支书记程过富老师谈心时，黄文秀透露了想回到百色当一名中学老师的想法。

程老师对她说：“你还年轻，可以再努力一把，去考研究生吧。当你上了更高的一个台阶，就能为家乡做更大的贡献。”

黄文秀眼眸一亮，点头称是。

一次课间，学院团委副书记郭寥老师和黄文秀谈心。郭老师说：“文秀，你是壮族学生，可以考虑报考北京师范大学的少数民族骨干计划。”

郭老师的话，让黄文秀进一步明确了未来的目标。

此后，黄文秀经常跟老师们说起，自己希望能到北师大继续深造提高。老师们都支持这个勤奋上进、志向远大的好学生，并给她提供了必要的帮助。

报名参加硕士研究生考试之后，黄文秀就开始了宿舍、食堂、图书馆、教学楼四点一线的生活，每天早上6点从晨读背诵开始，直至夜深人静。

备战考研期间，一个“考研杯”，一个“考研包”，成了黄文秀每天的标配，图书馆、石凳上、路灯下……处处都留下了黄文秀勤奋学习的身影。

即使在紧张备考的日子里，黄文秀还一直坚持勤工俭学。如果哪天外出打工回来晚了，教室、图书馆里没了座位，坐在校园路灯下看书的那个人准是黄文秀。

多少年后，住在隔壁宿舍的同学周娟娟依然记得非常清晰："考研期间，秀儿每天天不亮就出去学习了。她不在自习室，就在校园里的石凳上，你去那儿找她，准没错。"

经过初试、复试，2012年6月，黄文秀成功考取了北京师范大学哲学学院硕士研究生。

收到录取通知书那天，她第一时间与母校老师分享了成功的喜悦，并由衷表达了诚挚的感谢。

黄文秀发朋友圈说："很感激辛勤执教、爱生如子的老师们。我所在的思想政治教学研究部，考研率多年保持在60%以上，我是得益于长治学院良好的校风、教风、学风。"

到了北京师范大学之后，黄文秀一直心系母校，经常通过邮件、微信鼓励学弟学妹们努力学习。她还把学科前沿动态、教改信息等反馈给学弟学妹们。每当有母校的学生咨询考研相关情况，她总是耐心解答，提供帮助，以此回馈母校，感恩老师。

"你是长院你就是我，扶贫路上不畏坎坷，扶贫大爱牺牲小我……"2019年7月2日，一首思念黄文秀的歌曲在长治学院唱响。

这首《你是长院你是我》是中文系老师宋福聚与音乐舞蹈系的老师们一起创作的。歌声响起时，音乐舞蹈系教师胡晓瑞与学生们哽咽得无法自已，大家都在心里默念着一个名字——黄文秀。

任红霞老师至今难忘那个总是微笑的壮族姑娘："文秀所学专业为思想政治教育，她用实际行动为我们上了一堂生动的思政课，让我们身边每一个人得到了一次净化和启迪，激励我们守初心、担使命，赓续我们每一个思政人、全体长院人心中的长征。"

文秀当年参加校园演出时的朗诵声，仿佛还在学校的礼堂回响，老师和同学们真希望她像当年一样，"轻轻地走"又"悄悄地来"，重新回到自己的母校，回到老师和同学们中间。

为了更好地学习黄文秀的先进事迹，培养更多黄文秀式的优秀青年，长治学院在全国率先创建了“黄文秀班”。

“黄文秀班”秉承“求真、求实、求善、求美”的校训，以黄文秀为榜样，培养具有远大理想、责任担当、过硬本领、高尚品格的新时代大学生，培养爱国、励志、求真、力行的新时代青年，为党和国家培养拥有黄文秀式的优秀品质的新时代生力军。

“黄文秀班”的班主任、现任长治学院思政部党总支副书记的李晋丽介绍说，2019级“黄文秀班”共有学生100名，分为2个班级，配备专职辅导员1名，兼职辅导员2名，同时配备学生辅导员助理2名。这些人员均为党员或预备党员，由此形成学生、兼职辅导员、系部副书记、学科专业教师、专职辅导员等多主体共同参与的大思政教育团队，有力地保证班级的有序运行。

斯人已逝，精神长存！

黄文秀的离去，让长治学院的师生们深感悲痛，但是她的高尚品质和宝贵精神，将激励广大师生继续前行，激励大学生们用美好的青春书写无愧于时代的人生华章，谱写新时代的青春之歌。正如“黄文秀班”班歌所唱的那样：

你走出长院，
你扬起风帆。
你用柔弱的肩，
撑起一片蓝天。
你是一缕风，
吹绿百坭千年的梦。
你是一盏灯，
照亮山村富强的路。
啊，文秀同学！

你没有远去，
每一个长院人都是你，
踏着你的足迹，
走向伟大的中国奇迹……

第四章

4

木铎金声

●漫步北师大校园，走过木铎路，走过金声路，她心中的责任感和使命感油然而生；

●感恩故土，回馈家乡，这是她的初心和梦想；

●到北京学习，并不是为了留在大城市，而是要把知识带回故乡，服务百姓；

●“走出去之后，肯定有一部分人要回来的，我就是那个要回来的人。”

●她就是抱着返乡扶贫、不胜不归的决心去的；

●在百合花开的声音里，她浅浅地笑了……

15. 刻骨挚爱

2013年9月14日早晨，黄文秀身穿淡蓝上衣、白色短裙，拉着红色行李箱，笑容灿烂地走进了北京师范大学的校门。

在哲学学院，黄文秀拿到了玫红色封面的研究生证，戴上了金光闪闪的校徽，胸中那个蹦跳了好几天的“小兔子”才算安静下来。

15日上午，黄文秀参加了北京师范大学2013级新生开学典礼。

“同学们，你们的到来为百年师大注入了新的血液，增添了新的活力。……在经历了多年的寒窗苦读后，取得优异成绩的你们，将梦想与信任寄予了这所百年学府。你们将在这里开启新的人生航程，将在这里书写人生最美丽的篇章。”董奇校长的讲话，给黄文秀留下了难忘的记忆。

在激情澎湃的会场，黄文秀举起手机来了个自拍，拍下了她在北师大的第一张照片，也翻开了她青春华章的新一页。

开学典礼之后，黄文秀迈着轻盈的脚步，兴致勃勃地在北师大校园漫步游览。

中秋时节，北师大校园银杏染黄，枫叶渐红，柳叶摇翠，绿水托萍……更有百年沧桑的老校钟、五四纪念碑、孔子铜像、先师鲁迅像、陈垣校长像、校名石、校史碑……黄文秀欣赏着如画的风光，更沉浸在悠远厚重的历史长河里。

在京师广场，一座十几米高的镂空大钟吸引了她的目光，大钟的基座上写着“木铎金声一百年”七个金色大字。

“木铎金声？”她有些不明其意。

拿出手机，她查到了此语的含义：铎，是出现于中国夏商时期的一种铜铸响器，形状如铃，腔内有舌，可摇击发声，多在宣布政教法令或有战事时使用。以木为舌者称为“木铎”。木舌撞击金属框体，发出浑厚悠长的声响，故称“木铎金声”。孔子常年从事教育，曾以“木铎”自况，此后“木铎”就成了教师的别名。

北师大校徽的主体标志物，就是木铎。

“木铎金声”与“学为人师，行为世范”的校训，是百年师大泽溉文明的承诺，彰显了北师大“以学育人，以行教化”的社会责任。

黄文秀再一次举目凝望“木铎金声”，顿时领悟了自己将要在北师大所学、所行的价值和意义所在。

北京师范大学在人才培养中极为重视服务社会的办学特色。

北师大以培养人才、推进科技创新、服务国家需要和促进社会进步为己任，牢固树立人才培养是学校的根本任务、教学工作是学校的中心工作的思想，面向国家深入实施科教兴国战略和人才强国战略对高素质拔尖创新人才的需求，坚持以学生全面发展为本，加快“综合性、有特色、研究型世界知名高水平大学”建设步伐，不断完善本科拔尖创新人才培养体系，着力推动人才培养质量的提高。

学科建设是学校发展的生命线，是学校人才培养、科学研究和社会服务的基础。北师大突破传统高师学科结构单一的局面，提出创办综合性、研究型的世界一流大学的奋斗目标，开创了中国百年高师转型的风气之先。

北师大面向国民经济主战场，提供技术支持与咨询服务；加强与各地政府合作，为解决当地经济社会发展提供综合服务平台；推进地方经济建设和社会发展，积极为社会事业发展服务。

北师大积极实施对口支援工作，为西部大开发提供智力支持。积极开展“专家学者西部行”活动，指导西部高校完善多元人才培养模式、改革方案和教学计划，为贫困地区定向培养了一大批硕士、博士研究生以及进修教师和访问学者。同时，帮助西部贫困地区实施组建文学院、人才培养、教师进修、学科建设、接受挂职干部锻炼等项目，支持当地高校的建设和发展。

漫步校园，黄文秀走过木铎路，走过金声路，心中的责任感和使命感油然而生。

入学后，黄文秀住进兰蕙学生公寓，和另外三个女生同住一间宿舍。

性格开朗、心地善良的黄文秀，很快就和舍友成了无话不谈的闺蜜。四个女生，各有昵称。舍友们送给黄文秀的昵称是“黄毛儿”和“秀儿宝宝”，这是依着她的姓名取的。当然，她们喊她最多的还是甜甜的“秀儿”。

睡在黄文秀对面铺位的是王鹃。在那个夏天，王鹃总是看到秀儿宝宝穿着紫色半袖衫、绿色短裤，提着洗澡篮子走回寝室，然后歪着脑袋用毛巾擦拭湿漉漉的头发，一边擦一边对着王鹃抱怨：“唉，我又胖了，你帮我想个减肥的绝招儿吧！”

“我说黄毛儿啊，减肥的绝招儿我早就给你想好了，简简单单就六个字：管住嘴！迈开腿！只要做到，保证管用。”王鹃笑着说。

黄文秀沉思了一下，说：“嗯，好是好。可是，‘管住嘴’这个比较难，我还想当美食家呢。‘迈开腿’这个容易，就从明天开始。”

此后，黄文秀总是早早起来，拉着闺蜜们一起跑步，还经常去邱季端体育馆打羽毛球。

和所有的女孩子一样，黄文秀也很爱美，特别喜欢穿裙子，长裙、短裙、百褶裙、鱼尾裙……但由于家境贫困，她总是选那些样式好、价格低的。

一个星期天，黄文秀和同班同学刘娟娟手挽手去逛街。走到新街口的一家服装店前，黄文秀突然忍俊不禁。

“秀儿宝宝，看见什么了?”刘娟娟不解地问。

黄文秀拉着刘娟娟，指给她看玻璃橱窗。

刘娟娟向橱窗里定睛一看，哇，原来是一个模特身上穿了件非常新潮、很有意思但又有点儿滑稽的裙子，忍不住也笑了起来。

“秀儿啊，我看这款裙子你穿上绝对酷得不行不行的，买下来吧!”刘娟娟绷住笑脸，一本正经地说。

“我穿这件裙子？还不把咱楼舍的姐妹们全都笑趴啊!”话音未落，黄文秀和刘娟娟一起大笑不止……

如今，回想起和秀儿宝宝相处的美好时光，刘娟娟不禁泪眼婆娑:“那花一样的年华，梦一样的记忆，那挽着我胳膊的姑娘，再也不能回来了。”

紧张的学习之余，黄文秀仍然坚持练书法，学习画画。多才多艺的她，被选为班级宣传委员。

后来，她又迷上了弹吉他。月光下，她常常坐在操场边，拨动琴弦，让思绪随着琴声缭绕夜空。

兰蕙公寓里还住有外国留学生，不久黄文秀的朋友圈里又增加了几位异国“粉丝”。

周末，黄文秀和舍友们还会邀请外国留学生一起做饭。每当这时，她就会亮一亮“壮味”厨艺：红豆糯米粑、西红柿炒油溅肉、剁生姜炒里脊肉，等等。虽然都是一些普普通通的食材，但经过她妙手烹饪，这些颇具壮族特色的美味佳肴，总会让舍友和异国“粉丝”们吃得唇齿留香，大呼过瘾……

2014年9月9日，黄文秀在日记里写道：“明天就是中国第30个教师节了，校园里洋溢着节日的气氛。这是我来到北师大读研第一次度过教师节，学校通知我参加一个重要的活动……”

当天上午9时15分左右，一列车队缓缓驶入校园，驶向主楼方向。车队没有明显标识，也没有警车护卫，十分低调。

但黄文秀和同学们都在激动地等待着。

“来了，来了！”

“听说要去参观主楼，还要去教室听课。”

翘首以待的人们激动地互相传递着消息。

黄文秀和同学们热烈地讨论着：“每年教师节都有相关领导来看望我们学校的老师和同学，但没想到今年会是习近平总书记！”

这一天，习近平总书记来到北京师范大学看望一线教师，认真听取了有关教师节活动的安排和学校基本情况的汇报，参观了为庆祝教师节而设立的30周年展览，考察了心理学部的心理学实验室，观摩了中小学教师国家级培训计划教学现场，并同老教授们见了面。

对于青年学子，习近平总书记寄予厚望，他饱含深情地说：“见到你们，我就回想起自己的学生时代。教过我的老师很多，至今我都能记得他们的样子，他们教给我知识、教给我做人的道理，让我受益无穷。学生时代是人一生最美好的时光，长身体、长知识、长才干，每天都有新收获，每天都有新期待。我希望在座的同学们，也希望全国2.6亿在校学生，珍惜学习时光，多学知识，多学道理，多学本领，热爱劳动，身心健康，茁壮成长。”

聆听着习近平总书记的讲话，黄文秀感受至深，终生难忘！

这么近距离地聆听习近平总书记讲话，黄文秀非常兴奋激动，也更明确了自己的努力方向，她立志做有理想信念、有道德情操、有扎实学识、有仁爱之心的新时代好青年！

北师大研究生导师和学生是双向选择。

黄文秀选的导师是郝海燕教授。她填写了《双选申请表》，递交了上去。

“郝老师会选我吗？郝老师是什么性格？”黄文秀心里有些紧张。

第一次与郝老师见面，黄文秀笑容灿烂地说：“老师，我一见您就觉得很亲切，看到您我就不紧张了。”

郝教授笑道：“咱这就是缘分。”

于是，她们成了师生，也成了忘年交。

白净，清秀，聪慧，外表柔美，性格热情爽朗，为人善良，这是黄文秀留给导师郝海燕的最初印象。

郝教授非常喜欢黄文秀，她活泼开朗，自信坚定。认识郝教授的人都夸她收了一个好学生，说黄文秀不但是青春阳光的女孩，更是一个学习努力、做事认真的学生。

在一次课堂展示中，黄文秀展示的内容是关于“老师的情绪”。她特别强调说：“教育者，一定要正直。”

从那时开始，郝海燕就觉得，黄文秀这孩子有目标，很努力。

黄文秀第一次担任助教，是在郝教授主持的人文教学论坛活动中。

为办好这个人文教学论坛，郝教授邀请了北京各高校研究机构人文学科方面的专家学者来北师大，给刚入学的学生上通识课。

黄文秀按照导师的指点，首先了解计划邀请的老师的情况，再做出一个能反映每个老师特点的详尽的情况介绍表，最后认真地和每位老师沟通，确定上课的时间、地点、内容，一次次接送老师到校上课，并向他们介绍学生的情况。

黄文秀的细心周到，受到师生们的好评。这门课后来被评选为北师大优质通识课。

第二次做助教，黄文秀就更有底气了。她知道郝教授承担了一门向全国开放的网络课程，且需要一个帮手，就主动帮助导师。

这是一项非常细致的工作，需要用电脑进行文件传输，并且要一遍遍地重复，非常费时费力，但黄文秀毫无怨言。为了做到万无一失，她事先请教导师，了解网络课程各个环节的要求，之后她认真上传课程资料，及时收集学生反馈的情况，使得这次助教工作圆满完成。

这门课获得了国家发展改革委颁发的“网络课程开发二等奖”。

郝教授至今记得，在德育原理专题课上，黄文秀的课堂展示题目是《德育过程中必须关注教师心理健康》。为了讲好这个题目，黄文秀认真查阅了许多资料，并辅修了学校其他学院的相关课程，以拓宽自己的学术视野。

黄文秀主动向郝教授请教，探讨道德教育领域亟须解决的3个问题：“立德树人”“塑造灵魂”“古为今用、洋为中用”。

黄文秀的用心钻研，得到了郝教授的肯定。

在课堂上，郝教授非常赞同黄文秀在课程展示里所强调的“德育工作的关键是‘人’”，这个探讨对黄文秀后来在农村基层工作也发挥了重要的作用。

郝教授后来在怀念文章中写道：“文秀，正如你之后在百坭村的工作中，也是把人的工作放到首位，真正做到想人民群众之所想，急人民群众之所急，心系老百姓的喜怒哀乐，切实为百姓做实事，为百姓排忧解难，全心全意为人民服务。”

毕业前，黄文秀选择的硕士学位论文题目是《广西壮族传统文化中德育资源的开发——以传扬歌[①]校本课程开发为例》。

“壮族歌谣里蕴含着丰富的德育资源，教人向善。”黄文秀对壮族文化充满了敬畏和兴趣。为了写好学位论文，她专程回到广西百色、河池等地，用两个月时间，深入壮乡，走访调研，收集素材。

郝教授曾问黄文秀：“你为何要选择这个课题？”

黄文秀解释说：“一些人认为，少数民族的教育资源尤其是德育资源贫乏。但我却发现，少数民族优秀传统文化中蕴含着丰富的德育资源，比如壮族的传扬歌。我在确定这个选题前，已经做了充分的实地调查。”

黄文秀在提交的开题报告中写道：“传扬歌是流传于壮族民间讲述伦理道德的长诗，以生产、生活、节庆、婚嫁等活动为载体，以歌唱的形式讲述人生哲理、道德规范、行为准则，承载和传扬着壮族千百年来形成的民族性格，用于传承精神、教化民众、规范行为，被誉为壮族的《道德经》，是壮族传统文化的重要组成部分。我们广西是一个民族团结的模范之乡，在新时代需要弘扬传扬歌的精神。建设小康社会，我们需要团结和睦，社会和谐，然后才能搞经济建设。所以，在这个社会背景之下，弘扬传扬歌是非常有意义的。”

看过这篇论文的开题报告，郝教授就感受到了，文秀这孩子，心在家乡。

感恩故土，回馈家乡，这是黄文秀的初心和梦想。

多年的师生情谊，郝海燕已把黄文秀当作自己的孩子。毕业前夕，郝海燕对黄文秀说：“你的学业和英语都很好，以你的能力，留在北京或者出国都不是问题。”

黄文秀悄悄对郝老师透露了自己的想法：“老师，我是从广西的贫困山区出来的，我想回去，把希望带给更多的父老乡亲，为改变家乡贫穷落后面貌尽绵薄之力。我还是一名党员，是来自百色革命

①编者注：壮族传扬歌是壮族民间伦理道德长诗的总称。

老区的壮家女儿，将革命先烈们一心为民、奋勇拼搏的精神传承下去，我责无旁贷。”

黄文秀想回老家工作，郝教授并不感到意外：“对故乡的挚爱，已经深深镌刻在黄文秀的骨子里。她来到北京学习，并不是为了留在大城市工作，而是要把所学的知识带回故乡，服务百姓。”

黄文秀热爱她的家乡，也深爱着她的父母。

一天，父亲打来电话说：“秀儿啊，前几天你母亲住院了，现在好多了，我就是给你说一下，你不要担心。”

黄文秀一听，在电话里就哭了：“阿爸，您一定要医治好我妈妈。我知道家里没钱，但您借钱也要为我妈好好治病，借的钱等我想办法晚点儿还……”

自从来北京上学后，黄文秀一直藏着一桩心事：让父母到首都北京来看看。

小时候，黄文秀就经常听父亲说：“等以后有钱了，我要带着你和妈妈一起到北京去，亲眼看看天安门，看看升国旗。”

但由于家里贫穷，终年忙于种地，父亲始终没能实现这个心愿。

黄文秀来北京读书三年了，虽然省吃俭用外加打工，但也没能攒下多少钱，所以一直没能让父母来北京看看。

2016年元旦过后，黄文秀坐在床上，拿着小本子计算了半天，觉得接父母来北京的路费和住宿费攒得差不多了，就给家里打了电话。母亲说，自己身体不好，出不了远门。于是，父亲一个人来了北京。

第二天一大早，黄文秀就陪着父亲去了天安门广场。

1月的北京，寒气逼人，父女俩站在广场上，不停地跺着脚，用嘴巴向双手哈着暖气，等待着。

当嘹亮的国歌唱响、鲜艳的五星红旗缓缓升起来时，黄忠杰不禁热泪盈眶！自己这个大石山的农民，终于实现了看天安门、看升国旗的愿望。他转头悄悄看了看身边的女儿，发现她的眼角也闪着泪光。

住了没几天，黄忠杰觉得自己在北京吃住太费钱，也怕耽误女儿写毕业论文，几次提出要回老家，但都被黄文秀拦住了："阿爸，您来一次北京不容易，一定要在北京好好看看。"

在半个月的时间里，黄文秀经常都是六点起床，陪着父亲游故宫、登长城、看天坛、参观十三陵……

晚上，把父亲送回快捷酒店后，她再赶到图书馆撰写毕业论文。

知女莫若父。黄忠杰经常对人说："要说我们秀儿这孩子，她最大的特点就是很有爱心。"

心里有爱的人，才能把爱播撒出去；懂得感恩的人，才能付出而不求回报。

心存大爱，脸盈微笑，这个外表文静的壮族女孩，时时处处都在用行动"秀"着她的亮丽人生……

16. "我就是那个要回来的人!"

多学一些知识，多掌握一些本领，多参与一些实践，今后回家乡更好地服务父老乡亲，这是黄文秀最大的心愿。

读研期间，她时常关注偏远山区和贫困农村的教育扶贫。

2012年，习近平总书记在河北省阜平县考察时指出："治贫先治愚。要把下一代的教育工作做好，特别是要注重山区贫困地区下一代的成长。"教育的发展是实现贫困地区脱贫的源泉，提高人民群众生活质量的根本。把贫困地区孩子培养出来，这才是根本的扶贫之策。

2015年，第31个教师节来临之际，习近平总书记在给“国培计划（2014）”北京师范大学贵州研修班参训教师回信中指出：“扶贫必扶智，让贫困地区的孩子们接受良好教育，是扶贫开发的重要任务，也是阻断贫困代际传递的重要途径。”

2016年12月，国务院扶贫办六部门联合印发了《教育脱贫攻坚“十三五”规划》，这是国家首个教育脱贫的五年规划，也是“十三五”时期教育脱贫工作的行动纲领。

《规划》提出，到2020年，贫困地区教育总体发展水平显著提升，实现建档立卡等贫困人口教育基本公共服务全覆盖。保障各教育阶段从入学到毕业的全程全部资助，保障贫困家庭孩子都可以上学，不让一个学生因家庭困难而失学。实现贫困地区“人人有学上、个个有技能、家家有希望、县县有帮扶”。

近年来，中国聚焦贫困山区和贫困农村，通过建立健全教育扶贫制度体系、实施重大工程、推动学生资助体系、推动落实倾斜政策、探索定点扶贫路径，积极推进教育脱贫。

教育扶贫通过弥补贫困地区教育短板，不仅仅成为贫困人口实现脱贫的路径之一，更重要的是提高贫困家庭脱贫致富的内在能力。

北京师范大学中国扶贫研究院院长张琦教授认为，教育扶贫在减少返贫，实现造血式扶贫方面效果显著，意义重大。“教育扶贫有非常重要的作用，是无法替代的。扶贫脱贫不仅仅是收入增长，更重要的是能力的提升，这包括了生计能力，更重要的是包括发展能力，以及适应市场经济的综合素质能力的全面提升，只有这样，扶贫脱贫才具有可持续性，脱贫质量才会高，才会减少返贫现象。”

2015年5月10日，北京师范大学和光明日报社共同启动“启功教师奖”评选活动。

“启功教师奖”以习近平总书记提出的“有理想信念、有道德情操、有扎实学识、有仁爱之心”的“四有”好老师为遴选标准，面向我国县以下农村地区基础教育领域，奖励那些长期坚守在教育教学第一线并做出突出贡献的教师，让“四有”好老师成为身边可亲可感的榜样。

“启功教师奖”面向全社会公开征集与寻找入选教师，为此北师大成立了师生志愿服务团赴基层一线参与调研工作。黄文秀觉得这是非常好的实践机会，就主动报名，加入了评选调研队伍。

在法学院党委副书记魏天经的带领下，黄文秀和几位同学一起，深入广西崇左市山区贫困农村进行调研。

在崇左山区，黄文秀看到、听到了很多“四有”老师的感人事迹：

喝着山里的泉水，沐浴着山间的清风，以高尚的道德情操、无私的人生价值、至善至美的关爱精神，在贫困边远山区默默奉献青春的邓日安老师；

下大雨河水暴涨学生无法过河，不顾自己风湿关节痛，毅然背起学生过河，一背就是4年；双脚无法行走后，仍坚持让家人用摩托车送他去上课，忍着病痛继续站在讲台上的李德仁老师；

把山村留守儿童当作亲生骨肉，放下年迈的公婆，放下自己年幼的孩子，把爱的天平倾向学生，给他们剪头发、修指甲、生火做饭，嘘寒问暖，避免留守儿童们因病因贫辍学、使他们健康快乐成长的吴彩莲老师；

……

这次西部山区之行，黄文秀拍摄了许多珍贵照片，撰写了翔实的采访调研报告，对山区乡村的贫困现状有了更深刻的感知。

在一次课堂展示中，黄文秀深情讲述了山区乡村教育面临的困境，她说：“贫困乡村的未来，在教育，更在人才。”

这次调研中，黄文秀和魏天经老师结下了深厚的友谊。

2016年春节放假，黄文秀没有像往年一样回广西田阳老家。她对魏老师说："毕业后我要回到广西家乡去，就没那么多机会来北京了，所以我希望能在母校过最后一个春节。"

除夕之夜，黄文秀和几个留校的同学来到魏老师家，一起包饺子，度新年。

剁肉、调馅、和面、擀皮……黄文秀和同学们忙碌着，说笑着，其乐融融。

热腾腾的饺子端上来了，黄文秀赶紧盛了满满一大碗。

"秀儿啊，从没见过你这么饿的样子哟，中午没吃饭吧？"一个同学笑问。

黄文秀笑而不语。她用食品袋装上饺子碗，外面又套了一层保温袋，抱在怀里就要离开。

魏老师和同学们都有些惊讶："你不在这儿吃饺子吗？怎么端上一碗就要走呢？"

原来，在放寒假之前，学校的白鸽青年志愿者协会招募爱心使者，黄文秀主动报名，成为一名爱心使者。根据协会安排，爱心使者们要在除夕晚上分别开展一项"温馨相伴"活动。

黄文秀抱着保温袋，匆匆走过灯火灿烂的校园，径直来到一位老师家里。这位老师眉发皆白，年逾百岁，一人独居。

"老师您好，这是我给您包的年夜饺子，今天我陪您过除夕。"黄文秀把冒着热气的饺子恭恭敬敬地放在了老师面前。

看着前来陪他过年的黄文秀，老人略感意外，继而泪光闪闪，有些哽咽。

窗外，纷纷扬扬的雪花开始飘落，在灯光里翩跹飞舞；屋内，师生相伴，吃着饺子，看着春晚，笑逐颜开，温馨动人。

陪伴着百岁老师，黄文秀度过了她在北京求学的最后一个除夕……

在北师大读研期间，黄文秀还是学生就业指导中心的学生助理，负责为同学们提供就业咨询服务。

每当有同学前来咨询时，她总会多问一句："你有没有考虑过回家乡，下基层?"

有人说，中国农村是"3亿人出走后的世界"。

黄文秀说："走出去之后，肯定有一部分人要回来的，我就是那个要回来的人。"

到北京读书后，黄文秀的视野越来越开阔，心胸越来越宽广。她在日记中写道："我愈发感觉到自己肩上有一种责任，那就是学成之后，建设家乡，报效故土。"

学妹王珺颖第一次看到师姐，是在黄文秀即将毕业之际。

那天，黄文秀在学生就业指导中心加班，得知王珺颖成了学生助理岗位的继任者，就在电脑上复制给她一个名为"师门事务"的文件夹，并对她说："这些都是我整理好的，你今后用起来会便捷些。"

王珺颖打开后发现，里面是黄文秀多年来积累整理的学习资料、助教工作说明、每学期事务清单及完成情况等。直到"师门事务"工作由王珺颖完全接管后她才发现，文秀师姐为她考虑得有多周全。

2016年夏天，黄文秀就要在北师大毕业了。她和同学们都面临着一次人生重要选择，大家都在为就业奔走。

当时，黄文秀收到了很多工作邀请，有的许诺解决城市户口，有的许诺住房补贴和高工资，北京有几家公司邀请黄文秀加盟，国外一所大学为她提供奖学金，她可以出国深造。

面对外面的精彩世界，面对触手可及的巨大诱惑，她不为所动。

黄文秀的故乡之情，浓烈而纯朴，纯朴得就像蓝天上的风筝，不管她走到哪里，总有一根情深意长的线始终连着故乡。这次毕业之后决定她何去何从的，依然是这根连着故乡的“风筝线”，这根“风筝线”貌似柔软纤细，实则劲如钢弦，必定把她牵回故乡。

作为导师，郝海燕也很关心黄文秀的毕业选择：“以你的能力，去一个大国企或者留在北京，都是没问题的。对于你的将来，你可要考虑清楚呀。”

黄文秀非常感谢自己的导师，她也向导师如实袒露了自己内心的想法：“老师，我们北师大历来倡导‘学为人师，行为世范’，从您身上我学到了很多做人的道理。我是从广西的贫困山区里考出来的，我想回去，把希望带给更多的父老乡亲。”

郝教授对她说：“我能感受到你急切地想返回广西、建设广西、改变家乡的强烈愿望与决心。老师支持你，愿你为家乡多做贡献!”

3年相处，恩师如母，师恩难忘。在即将毕业之际，懂得感恩的黄文秀回望自己和导师的深情往事，心绪难平，她写道：

> 回望过往，诸多变化，但犹如初见，现如今即将离开，留恋与不舍满溢，在北京师范大学的研究生学习时光，终要结束。
>
> 我要向我的导师郝海燕女士表示衷心的感谢，至今仍记得复试之时是她对我进行的英语面试，我很紧张，她亲切如邻家姐姐般的态度给我留下很深的印象。复试结束后我的心里想着如果能再遇到她就好了，因为当时的问题我不擅长，而她却没有一再为难我，真没有想到，后来与她结下了一生的师生之缘……
>
> 我在北师大三年的点滴进步，都与导师有着密切联系。

初心灼热，梦牵故土，黄文秀迫切地想回到生她养她的故乡去，回到那片贫瘠的大山去，为那里摆脱贫困走向富庶奉献才智和汗水。

经过反复斟酌，她感到，实现这份初心和梦想的最佳途径，是考取选调生。

“对，报考广西壮族自治区选调生！”黄文秀确定了目标。

从1980年开始，我国各省（市、自治区）党委组织部门，每年都有计划地从高等院校选调一些品学兼优的应届本科生、研究生到基层工作，作为党政领导干部后备人选进行重点培养，同时为县级以上党政机关培养高素质的工作人员，这个群体被称为“选调生”。

2008年2月，习近平同志在全国组织工作会议上强调，“要坚持和完善选调生制度，精心挑选优秀大学生到基层艰苦岗位和复杂环境去锻炼”。随着2008年中组部下发《选调优秀高校毕业生到基层培养锻炼工作暂行规定》，到2012年底，全国已有近20万选调生活跃在广阔的基层大地。

2014年，全国大学生村官工作座谈会强调，要把选调生工作与大学生村官工作衔接起来，完善相关政策，规范操作办法，形成良性互动机制。

党的十八大报告指出，要“加大培养选拔优秀年轻干部力度”，并号召“全党都要关注青年、关心青年、关爱青年”。

经过多年实践，选调生已成为一个优秀“品牌”，越来越受到各级组织和用人单位的欢迎，逐渐成为干部队伍的中坚力量。

2016年，广西壮族自治区全区计划招录选调生669名，其中面向服务基层项目人员招录150名，面向普通高等学校应届毕业生招录519名。

黄文秀把自己的想法告诉了父亲，父亲说：“千好万好不如家乡好，我们不要钱多，只希望你回乡做个干干净净的公仆。”

2016年7月，黄文秀如愿考取了广西的选调生，并主动要求到条件艰苦的百色工作。

百色集革命老区、少数民族地区、边境地区、大石山区、贫困地区、水库移民区“六位一体”，是全国脱贫攻坚的主战场之一，需要大量优秀人才。

告别了老师，告别了母校，告别了首都，黄文秀毅然踏上了前往家乡百色的列车……

17.未知何时旋

从北京回百色途中，黄文秀决定前往无锡，去看望从未谋面的恩人吴先生。

本来，吴先生对黄文秀的资助，到她在长治学院本科毕业就结束了。

毕业前，黄文秀对吴先生说：“我很想报考北京师范大学的研究生，以便今后能更好地报效社会。”

吴先生被她努力上进的精神所感动，决定继续提供资助，直到她研究生毕业。

在长治上大学，再到北京读研究生，黄文秀每一次考试成绩、每一个重大抉择，都会向吴先生汇报，征求他的意见与建议。

吴先生不仅从经济上资助黄文秀，更像长辈一样关怀着她，在她遇到困惑的时候和她交流谈心，在人生关键时刻为她指引道路。

一条条短信、一次次电话，逐渐拉近了他们之间的距离。在黄文秀眼里，这位从未谋面的吴先生，亦师亦友、亦兄亦父，这让他们从普通的资助关系，上升到无话不谈的亲人关系。

“在我的内心深处，她就是我的女儿。”看着黄文秀不断成长和进步，看到她越来越优秀，吴先生深感欣慰并引以为豪。

黄文秀一直心存感恩，多次提出要与远在无锡的这位亲人见面致谢，但都被吴先生委婉拒绝了。他不想给黄文秀增加心理负担，只希望她顺利完成学业。

2016年5月21日，黄文秀发微信给吴先生：“我在北京的学习生活就要结束了，希望毕业前能当面对您说声谢谢，不知道有没有这个机会……回到家乡工作之后，估计出来的机会就很少了。”

吴先生回复说：“好的，等你毕业了来无锡吧。”他也很想见见这个善良朴实的壮家姑娘，并想利用这个机会把黄文秀介绍给同在无锡的“中国好人”俞斌爱心工作室，以便为她在今后的工作中提供更多的帮助。

吴先生是“中国好人”俞斌爱心工作室的成员之一，他的微信名叫“风”。做人做事踏实和低调的他，一直不愿透露自己的真实身份及名字。

7月3日，黄文秀在南京下了火车，转去无锡看望吴先生。

吴先生特意安排儿子开车，前往南京接上了黄文秀。

在无锡，吴先生为黄文秀举行了一场别开生面的家人宴会，特意邀请俞斌老师和俞斌爱心工作室的几位志愿者一起参加。

第一次相见，黄文秀和吴先生都觉得对方就是自己阔别重逢的亲人。

黄文秀当着众人的面，虔敬鞠躬，感谢恩人，并拿出了精心给吴先生准备的礼物：一把精美的折扇，两面都是她亲手写的书法。

折扇正面写着：“善人者，人亦善之。”其中一个大大的“善”字，占据了扇面的三分之一。

折扇背面写的是东汉文学家应场的《别诗》：“朝云浮四海，日暮归故山。行役怀旧土，悲思不能言。悠悠涉千里，未知何时旋。”

这是应场被委派守卫边疆出发前，写给家人的诗。

在举杯感恩时，黄文秀一再表达了回百色建设家乡的决心。在场的人们对这个知恩图报的壮族姑娘钦佩不已。

吴先生的儿子说：“我要向文秀姐姐学习，做个有理想有担当的人。”

当晚，吴先生又让儿子开车把黄文秀送到了南京火车站。

这是吴先生与黄文秀十年间唯一一次见面，没想到这一分别竟成了永诀。

“惊悉黄文秀不幸遇难的消息，立即给她的手机打电话，听到都是已关机的声音。我心如刀绞，泪水无声流淌，彻夜无眠。”当噩耗通过黄文秀母校北师大的同学转达到吴先生那里时，50多岁、在商场打拼了30余年从不流泪的他，难以抑制地哽咽起来，黄文秀青春欢畅的笑脸依然还在眼前。

6月22日，黄文秀追悼会当天，吴先生在朋友圈转发了广西广播电视台的文章《今天，我们一起送别文秀》，并留言道：“愿天堂再没有贫困，小姑娘，一路走好……”引发了朋友圈众多好友的询问。

吴先生统一回复说：“她是我半个女儿……”

吴先生含泪找出那两部已经不用的旧手机，逐一把里面与黄文秀联系的信息翻检了出来。黄文秀发给吴先生的信息，多数都是关于自己学习、生活和工作中发生变动的及时告知。

“她每年暑假都会去青海、宁夏等边远贫困地区支教，去之前会跟我说一下。她说得最多的，还是学成之后如何回报社会，而那些边远贫困农村，则是她的首选。”吴先生回忆道。

“今年（2019年，编者注）端午节，我和她刚通过电话，还谈到用我企业的光伏项目支持百坭村的能源建设计划。没想到她就这样走了。”吴先生再次打开那把折扇，看着扇面上书写的《别诗》，不禁泪水盈眶：“这是一首离别诗，文秀是学文的，她不会平白无故地选择这样一首诗写在折扇上。尤其是最后这句‘未知何时旋’，我猜测，当时她就是抱着返乡扶贫、不胜不归的决心去的。没想到这一去，竟成了永别。”

2017年7月，为办理选调生事宜，北京师范大学学生就业指导中心主任白勇来到广西南宁。

当时，已在一年前毕业回到家乡的黄文秀，特地从百色赶来参加了座谈会，交流了自己报效故土的感受。她说：“白老师，有机会我一定要回到北师大，给学弟学妹们讲讲我们选调生的故事，鼓励他们也到基层来奉献青春。”

三个月后，黄文秀作为广西选调生宣讲团团员，如愿回到了北师大。

在学生就业指导中心，她讲述了自己返回百色老区的经历，然后对学弟学妹说：“我来自贫困山区，又回到了家乡，就是要把希望带给更多父老乡亲，为改变家乡贫穷落后面貌尽绵薄之力。”

她不失时机地动员同学们：“基层很需要人才，你们有没有想过要回家乡，下基层？你们看，就像我一样，回去没错！青春，就是用来奋斗的！”

在白勇老师手机里保存的合影照片中，黄文秀的笑脸感染着在场的每一个人。

获悉黄文秀不幸遇难的消息后，北师大党委学工部隋璐璐老师非常痛心，她回忆说：“在去年‘启功教师奖’评选开始时，黄文秀还专门发来申请表，想要再次参加寻访调研工作，但由于那时她已经毕业，没有成行。文秀同学毕业后，我一直关注着她的朋友圈，经常被她对基层扶贫工作的激情和干劲所打动。我这个学期的形势与政策课，就是以她为例子，激励学生把人生规划融入国家发展中去，我还向文秀要了很多她的工作照，作为课件内容。”

在隋璐璐老师讲授的形势与政策课上，黄文秀的事迹就放在了《中国特色社会主义进入新时代　青年人的使命》那一章，PPT里还写着一行小字：“主动将个人梦融入中国梦，让个人梦与中国梦同频共振，才能获得人生出彩的机会！”

当时，黄文秀在向隋璐璐老师介绍自己在百坭村的工作时，还希望老师能选派学校社会实践队，到百坭村去看看。

“没想到这么好的一个姑娘，就这样离大家远去了。真的难以接受。愿文秀一路走好，愿天堂没有山洪！”隋璐璐老师掩面而泣。

“清秀，聪慧，性格热情爽朗，人极善良。”这是郝海燕老师对黄文秀的评价。

“她就像我女儿一样，我们常常会在微信里聊聊天，发发图。”郝教授说，“看到她每日辛苦而充实地忙碌着，也曾担心过她的安全，着急过她的恋爱问题，但在我心里，如今一想起她，全是美好、欢快、向上的画面。”

“我不相信，还是接受不了……”郝教授对黄文秀的不幸遇难始终不能释怀。

黄文秀在北师大的舍友闺蜜们更是悲伤不已，回忆深深：

> 秀儿，没想到三年前的分别还未再相约，已成永别。三年同寝室生活，你给我们带来了太多的欢乐与回忆。毕业时我们三个选择当教师，你则回到家乡扎根基层成为驻村第一书记，在田野里劳作，在贫困户中走访，在朋友圈帮村民推广芒果，把百坭村的脱贫工作做得有声有色。今天却得知，昨夜因百色暴雨，你遭遇山洪因公殉职。我至今仍不敢相信，你对生活充满热情，对所有人真挚和善，

竟然被无情的山洪夺走了生命！从此我们四人的小群，再也不会闪现出你的消息。还没给你邮寄你爱吃的单饼，将成为我心中永远的遗憾！亲爱的，愿你在天国安好……

——付红红

自从听到你的噩耗，我的回忆一幕幕鲜活在脑海。没想到，去年年底的匆匆一晤，竟就此成了永别，我们成了两个世界的人。从此，这个世界缺了一个姑娘，她冰雪聪明，爱笑，热情，独立，坚毅……她的种种变成了所有爱她的人心里永久的回忆。无限缅怀，我亲爱的小伙伴，黄文秀。

——石玉岑

翻看了所有的聊天记录，所有的朋友圈，所有和你相关的新闻，秀儿宝宝，黄毛儿，我们的翩翩少女，想到再也收不到你的回复，看不到你的更新，看不到你嫁人，过平凡的日子，头疼得难受。今天真是个糟糕的日子，可恶的日子。黄毛儿，你怕不怕，冷不冷，疼不疼……要是明天收到你的回复，该多好，黄毛儿。

——王鹃

2019年中秋前夕，王鹃触景生情，又写下了对文秀的思念：

文秀，你走了3个月了，我们渐渐收起悲痛，投入日常的工作和生活中。你在远方还好吗，你知道吗，那天校长夸我说我的身上有你的影子，给“第一书记”增色，我心里感激他的评价，但又觉得自己做的工作比起你来差很多，你是我们年轻人学习的榜样，是“时代楷模”！央视有对你的公益宣传滚动播出，一直提醒我们这是真的，你真的离开我们了，留下一片赞誉和怀念。

可是，如果可以，我不想这样，宁愿你过平凡的日子，做好扶贫工作的同时，也找个人爱你，生个可爱的宝宝。

文秀，你知道吗，我在岛上安家了，小暖暖快2岁了，快会叫阿姨了。我发她几个月大的视频给你们时，你夸她长得像我，眼睛很大。

如今，我们同宿舍的大红和白毛两位美女同学也当上了准妈妈，你还没有见过她们的宝宝，也还没有抱过我的暖暖呢。我们还想当催婚一族，催你抓紧找一个人照顾自己。

一直想写些东西给你、给我们，但怕自己沉湎于原本美好但现在却残忍的回忆里，迟迟不敢动笔，直到今天坐在电脑前，依旧一想起来就哽咽，你变成我们心头的痛，不忍触碰，不忍想起。

文秀，同寝三载，我们对床而卧，可我不能说真正了解你。你收起自己的柔弱，留下太多开朗、热情和阳光给我们。

初识不久，我在医院里带着哭腔无助地给你打电话，你很快汇钱给我，偌大的北京城里，我觉得自己不再那么孤单。

你总是很忙，背着黑色的大书包早出晚归，回来后疲态尽显，之后提着洗澡篮子去澡堂，再趿拉着拖鞋晃晃悠悠地回来，倚着床框，歪着脑袋一边擦头发，一边和我们聊天。这时候你才是一个小女生，看综艺，聊八卦，咯咯地笑着、闹着。如今，我们本可以以30岁的人生姿态感慨光阴飞逝，校园时光不再，你却永远地离开了我们。你的生命永远定格在而立之年，我们同宿舍的4人微信小群里一下子寂寥了许多。

文秀，你是多爱美的女孩子呀！那时候，你总嫌自己胖，嚷嚷着要减肥，想了好多办法瘦腿，跑步、游泳。有一次很夸张，你把保鲜膜缠在腿上然后去运动，我现在还记得你把腿跨在凳子上缠保鲜膜时我和大红嘲笑你的样子。

拍毕业照的时候，你张罗着租衣服，早起化妆，宿舍有我和大红这俩化妆白痴，四个人起了个大早，拍了照片，走了红毯。只是没想到，那时欢乐的照片，如今成为怀念你的一种方式。

6月17日，得到你失联的消息，我的心一下子揪了起来，但又想着可能只是通信设施有故障，等着你平安的消息。晚上得到你遇难的消息，我感觉揪着的心一下子掉落、碎了，疼得难受，脑子里一片空白，眼泪止不住地流。

后面关于你遇难的细节消息越来越多，我想象不出你经历了怎样的事情，山洪冲来的一刻，你该多害怕、多疼！我不敢想象，不忍想象，活蹦乱跳的你怎么会突然这样走了呢？

黄毛儿，你怕不怕？冷不冷？疼不疼？睡在我对面的姑娘，我们真的再也见不到了……

后面，随着更多的新闻报道，我才了解到你在扶贫一线到底经历着什么，你做了这么多有益于社会、有益于贫困户的事情。比起你的工作，我们感到自己遇到的这些困难真的不算什么。

你在我心里，不再是爱笑爱闹的普通小女生了，而是一个真正为人民服务、认真细致的扶贫干部。我们以你为荣！

我们的黄毛儿，亲爱的文秀，我们爱你，永远……

18.百合花开的声音

2016年7月，黄文秀作为广西壮族自治区的优秀选调生，被分配在百色市委宣传部办公室工作。

平生第一次来到市级机关上班，黄文秀心中有些忐忑：我能做好这份工作吗？

她负责的工作主要是收发文件、接听电话、做好记录、做出传达、会议通知、后续落实等，虽然没多大难度，但是很琐碎，工作量大，必须细心，甚是费心。

上班第一天，她就像上了战场，这边刚接完电话，那边电脑上又响起了提示："您的新邮件来了！"——各种工作文件大多通过公用邮箱处理。

这一天，黄文秀忙得团团转，脸上汗津津，勉强应付了下来。

接下来的筹备、服务各种会议，对黄文秀这个新手来说，更是一场场考验：会名、会标请示定好之后，就要找打印店印制条幅，然后端端正正地挂上去，容不得半点儿马虎；下发通知，收集参会人员名单，按照名单打印台签，裁好，摆开，也要一丝不苟；会议资料装订、装袋、分发；打扫卫生，烧好开水，根据参会人员多少摆准椅子，安排食宿，安排车辆，接待来客……哪一项工作都不能出差错。一个会议下来，把黄文秀忙得晕头转向。

她几乎天天加班，12点的午饭常常下午1点钟才能去吃。到了食堂，菜很少了，饭也凉了。

那次，是少有的一天，黄文秀忙完手头的事情，12点半就去吃饭了。结果，领导批评说，今天为什么走这么早？黄文秀先是一愣，继而红了脸颊。

规定早晨8点上班，她7点40分之前就要到办公室；下午下班时间，也要往后推，只要领导还在忙工作，黄文秀就知道自己不能走。

尽管天天忙得像个陀螺，但黄文秀毫无怨言，并且用心去做，乐此不疲。她知道，所有这些磨砺，都是小苗长成大树必然要经历的风吹雨打。

不久，黄文秀就熟悉了办公室工作的流程、要点和技巧，由被动变为主动了。

每天上班之后，她就把当天的急事、要事写一个纸条，贴在电脑屏幕右下角，每办完一件事，就扯掉一个纸条，这样就不会出差错了。

日常事务已能应对自如之后，她又主动撰写办公室的一些文字材料。后来，部里的工作总结她都能写了。

2016年，百色市共招录了22名定向选调生，他们建了一个微信群，黄文秀取的群名："红色福地，梦想启航"。

农俊海是与黄文秀同时来到宣传部办公室的选调生，他至今记得，刚开始写文字材料的时候，黄文秀的逻辑思维不够强，感性的东西多。黄文秀曾经在群里说："俊海的文字材料写得好，大家要向他学习。"

此后，黄文秀非常努力，看到别人写的好文章，就虚心请教。两年后，农俊海再看到黄文秀写的文章时，深感惊讶，自叹不如："文秀的水平已经超过了我，没想到她进步得这么快。"

这棵文静秀丽的小树苗，向下深深地扎着根须，向上蓬勃地伸着枝叶，自信而坚韧地茁壮生长着。

一次，百色市委宣传部组织全市宣传文化系统40多人去延安参观学习，黄文秀是联络员。

从百色先乘大巴车到南宁，然后转飞机到西安，最后再坐大巴车去延安。长途辗转，难免寂寥。

为了活跃旅途气氛，黄文秀给大家讲故事，指挥唱歌，玩成语接龙，做击鼓传花……一路欢歌笑语，喝彩满车，大家都非常开心。人们都说，这个选调生，选得真好呢！

时间久了，领导和同事们发现：文秀，人如其名，文静秀丽，时时面带微笑，但她意志非常坚强，内心充满阳光，对待任何棘手的事情，她都相信“办法总比困难多”，想方设法去解决困难。

爱美，是女孩子的天性。内心坚强的黄文秀，平常也是一个小女生，既喜欢漂亮的衣裙，也喜欢对镜妆容，她在书法练习册上也曾写下过“窈窕淑女，君子好逑”的诗句。

当初来宣传部报到时，黄文秀把行李从北京通过物流直接寄到了百色。

取行李那天，同事问：“你的行李怎么这么重呢？”

黄文秀说：“除被褥和生活用品之外，比较重的是练书法的宣纸。”

“我们这里也有宣纸啊。”同事有些不解。

“用惯了。”黄文秀笑了笑说，“扔掉就浪费了，要节约每一个铜板哟。”

练书法、学绘画、弹吉他，黄文秀一直坚持着这三大业余爱好，滋养心灵，升华素养。

那天，同宿舍的女同事从网上买来几个百合花的球茎。她们从附近花坛挖来一些泥土，用塑料袋装回宿舍，把百合球种在了漂亮的蓝瓷花盆里。

随后，黄文秀抱起吉他，柔指轻拨，弦音清亮，曲调悠扬，缭绕弥散，满室清香。

同事说：“在你的琴声里，我听见了百合花开的声音！”

黄文秀浅浅地笑了……

在百色市委宣传部办公室栏上，黄文秀写下了人生格言：“工作造就人格，不忘初心奋勇前行。”照片上是文文静静的秀儿：肤色白皙，眉清目秀，红唇皓齿，脸溢微笑——那是从心底洋溢出来的纯真的微笑，那是一个对生活充满了感恩和憧憬的灵魂散发出的由衷的微笑。

丽颜含笑，一身朝气，这是秀儿留给同事们最难忘的印象。

笑对艰难，躬身前行，这是秀儿留给百坭父老乡亲最长久的记忆……

第五章

5

情洒那满镇

●终于走进了大山，走进了乡村，她的心情兴奋而急迫；

●高跟鞋换成运动鞋，披肩长发扎成马尾，她说，今后我就是一个村姑；

●她组建了“那满美女群”和“美食瘦身队”，要让山村的姐妹们美起来；

●亲切的乡音土调，像欢快歌唱的喜鹊，飞遍了那满的村村寨寨；

●自从她来了之后，整个大院增添了许多笑声，涌满了青春朝气；

●弯弯曲曲的山路上，留下一幅别具特色的风景画……

19.“这姑娘，是把好手！”

2017年7月，黄文秀在百色市委宣传部一年实习期结束，按时转正。

她在日记里写道：“理论来源于实践，更要应用于实践，我希望到一线去历练自己。”

她主动提出申请：到农村扶贫第一线去。

回馈百色大地，服务父老乡亲，这是她的初心。她的这份初心非常坚定，坚定得像个孩子——纯真无瑕，目标清晰，执着不移。

组织上同意了她的申请，派她到田阳县那满镇挂任党委副书记。

那满镇位于百色石漠化片区，全镇一半的区域是石山岩溶地貌，是历史上的贫困地区。早在2010年5月，时任国家副主席的习近平曾到田阳县那满镇内江村和新立村视察。他下稻田，进农家，了解村民的实际情况，对这里脱贫致富奔小康寄予殷切期望。

2017年9月14日上午，黄文秀来到那满镇。

终于走进了大山，走进了乡村，黄文秀的心情兴奋而急迫，她急着要走到父老乡亲中间去。

这天，正值全镇村民委员会换届，黄文秀把行李放到宿舍，转身就和镇长覃素娟一起，到内江村参加村民委员会换届选举工作去了。

覃素娟也是选调生，比黄文秀早几年，黄文秀亲切地喊她师姐。

换届选举会场，9个鲜红的票箱喜洋洋地站成一排，村民们排着队依次投票。

投票完毕，黄文秀马上进入角色，和工作人员一起打开票箱，整理选票，唱票计数，一切都是那么迅捷干练且一丝不苟。

看着忙前忙后的黄文秀，覃素娟在心里暗暗说道："这姑娘，是把好手，是棵好苗子。"

第二天，黄文秀又前往新层村，协助村里进行妇联主席换届工作。

新层村位于大山深处，山路崎岖，盘旋而上。黄文秀坐在汽车上，两手紧紧攥住安全带，颠簸了将近一个小时才来到村里。

忙完工作，午饭是在村委会文书家吃的。黄文秀吃饭快，放下碗就没了人影。大家都以为她到山坡上散步去了，转眼却见她正在院子里帮着文书媳妇剥玉米呢，两个人一边剥一边说笑，聊得热火朝天。看得出，黄文秀与大山里的人们有着天然的亲近。

直到第三天，镇里才挤时间为黄文秀举行了一个简短的见面欢迎会。会上宣布了镇党委分工，黄文秀分管宣传和计划生育工作，并联系百敢村。

百敢是个大村子，有1900多个村民，村情复杂，土地流转面积大，矛盾很多，这对黄文秀是个新的考验。

百敢村的村组干部们有一个微信群，黄文秀加入之后，马上自报家门："大家好，我叫黄文秀，大家就叫我秀儿吧，希望你们把我当作姐妹。"

微信群原来的名称是“百敢部落”，黄文秀进群后，建议把群名改成了“百敢加油”。村组干部都说，这个群名改得好，脱贫攻坚的路上，我们要一起鼓劲加油！

没有多长时间，黄文秀就和百敢村的干部群众很熟悉了。一开始，村民们都叫她黄书记。渐渐地，大家觉得这个戴眼镜的姑娘很好打交道，整个人又亲切又阳光。后来，大家都喊她秀儿。

宣传工作听上去很虚，但真要做起来却也有很多实指标。就拿在各级媒体上刊登的宣传稿件来说，2017年已过去9个月了，全镇仅刊登了5篇稿件，这与上级规定的硬指标差距很大。黄文秀决定，把提高稿件的刊登量作为宣传工作的突破点。

如何突破呢？

黄文秀明白，仅仅靠自己一个人写稿是不行的，要建好报道员队伍！

她首先从培养宣传报道骨干抓起。经过摸底筛选，邓永成、罗小峰、赖冰晶等爱好写作的青年人，组成了那满镇新闻报道员骨干小组，并由他们带动更多的年轻人一起撰写稿件。

黄文秀把大家召集起来，商量那满镇宣传稿件如何突破，让大家献计献策。她还亲自为大家授课，讲解消息、通讯、评论、人物故事等常见文章样式的写作要领和写作技巧。此后，大家撰写的稿子数量和质量都有了显著提高。

2017年最后一个季度，那满镇的宣传稿件在省级以上媒体就刊登了3篇，在市级媒体刊登了11篇，超额完成了全年的上稿任务。

黄文秀在露美村开展帮扶工作时发现，村里制定的村规民约，都是硬邦邦的条条框框，“严禁散养鸡”“不准牲畜跑”……虽然规定得很严格，但形式老套呆板，宣传效果并不好。

回到镇里，她熬了大半夜，把村规民约改写成了朗朗上口的新“三字经”，然后组织小学生诵读，谁能完整地背诵出来，就奖励一个本子、一支笔，学生们都非常高兴。

孩子们回家之后背诵给家长听，村里开会时朗诵给村民听，大家听得饶有兴趣，入耳入心，照着去做，效果很好。

黄文秀说："宣传，就是要广泛宣扬，广泛传播。好好宣传那满镇，让更多人了解那满镇，关注那满镇，这对那满镇的脱贫攻坚有非常大的作用。"

除了在媒体上宣传那满镇，黄文秀还非常重视在村民群众中宣传党的政策，激发他们投身脱贫攻坚的热情。那满镇"新时代讲习所"成立后，村镇干部、宣传报道员和群众文化活动积极分子组成一支讲习队伍，利用群众喜闻乐见的形式，抓住各种机会，向人民群众进行宣讲。

"教育扶贫是大计，'一补两免'政策好""人才振兴是关键，拔掉穷根百业兴"……在圩日，在夜校，在田间地头，在各种集会现场，一场场入民心、接地气的宣讲，让村民们听得津津有味，久久不忘。

为了让讲习的形式更加活泼，黄文秀还亲自撰写了几首歌词，找来几位当地有名的山歌高手，把语言讲习变成了动听的歌谣传唱。

晚饭后，在新时代讲习所里，讲习员就会唱起嘹亮的山歌：《乡村振兴歌》《扶贫攻坚战歌》《科技种养也有赚》……亲切的乡音土调，像一只只欢快的喜鹊，"叽叽喳喳"歌唱着，飞遍了那满镇的村村寨寨。一项项精准扶贫、惠民利民的好政策，乘着歌声的翅膀，飘落乡亲们的心中，唤起脱贫致富奔小康的激情。

讲习员唱响的山歌，不仅有汉语版，还有壮语版和方言版，男女老少都爱听。

"山歌唱出了党的好政策，唱出了我们脱贫致富的心声，我们听得懂，记得住，还用得上。"村民黄翠莲一脸喜悦地说。

为了让新时代讲习所发挥更大作用，黄文秀还让那些优秀的讲习员流动起来，形成更广泛的影响。

向少贤是一位著名的山歌歌手，他经常前往其他村屯的讲习所，用山歌、快板等形式进行宣讲。每到一处，他就像一位明星，受到村民们的追捧。

新时代讲习所打通了那满镇理论宣传的“最后一公里”，让党的好声音“飞入寻常百姓家”。

为了扩大那满镇新时代讲习所的影响，黄文秀特意邀请广西电视台《凡事说理》栏目组到镇里采访，先后在新楼村和露美村录了两期节目。

露美村有1400多人，分散在大山深处的三个屯里。听说电视台要来村里录节目，村民们像过节一样，男女老少全都出动，从四面八方赶到了布露屯录制现场。从中午一直录到傍晚，村民们始终兴致勃勃，全力配合。一阵阵鼓掌声、呐喊声、欢笑声，振翅而起，飞出小村，飞过山岗，飞向远方……

后来，当宣讲员和山歌歌手在电视里看到了自己的身影，听到了自己的声音，都兴奋得拍手欢跳：“我们也上电视了！”

那满镇昔日沉寂的沟沟壑壑、村村屯屯，都绽出了深深浅浅的笑容……

20.快乐“女神”

初来那满镇那天，黄文秀脚穿透亮高跟鞋，身着一袭飘柔长裙，披肩长发还略有卷曲，活脱脱一个大美女。

自从去了一趟内江村，她就把高跟鞋换成了运动鞋，把长裙子换成了运动服，披肩长发扎成了马尾。她说：“山村不需要大美女，今后我就是一个普普通通的村姑。”

后来，黄文秀又网购了几双粉红色运动鞋和几件红色、黄色、紫色的运动装，既美观，又实用。

来到那满镇之后，黄文秀就住在镇政府的宿舍里。

宿舍楼年久失修，设施老化。刚住进没几天，卫生间的下水管道就堵了。

镇里没有维修工，男同事们也都很忙，黄文秀就买来一些维修工具，自己动手，一连捣鼓了两个晚上，才把下水管道疏通开。

宿舍的设备也很简陋，只有一个电扇和一张光板床。每天下村入屯，回来就是一身尘土泥巴，她觉得手洗衣服太费时间，就买了一个洗衣机，宿舍里才多了件电器。

看书、写字、画画，这是她坚持了多年的习惯。她又买来了一张折叠桌和两个小凳子。白天奔波一天，到了晚上她总会读几页书，写几张毛笔字，或者画一张小画。夜色静静，灯光悠悠，她感到一份轻松，一份充实。

初到镇里时，办公室还没来得及配备打印机，但工作上有许多文稿和表格需要打印。为了不耽误工作，黄文秀就网购了一台打印机。镇领导看到后，让她到财务那里报销。她却说："这台打印机是我自己用的，今后离开镇里时我还要拿走，就不报销了。"

走村入屯，加班加点，虽然很累，但黄文秀总是设法活跃镇机关人员的业余生活。

晚饭后，只要没有公务活动，她就挨门挨屋喊："同事们，出来吧，咱们打篮球去！"

换上短衫短裤，她像个假小子，与男生们抢夺截断，毫不示弱；有时候为了一个动作是否犯规，还会和对方争辩一番。

遇到人少时，她就组织打乒乓球、羽毛球，挥拍扣杀，攻势凌厉，一个文静女生，俨然巾帼猛将。

自从黄文秀来到镇里，整个大院增添了许多笑声，充满了青春朝气。同事们都说："那满镇来了个快乐'女神'。"

那满镇距离黄文秀父母在那龙村的家不太远，但她全身心忙于工作，很少回家。

每当周末，同事们都回家了，宿舍里只剩下黄文秀一个人。

一天晚上，乌云翻卷，夜色如墨，一道闪电划过，瞬间把窗外照得惨白如昼，旋又漆黑一片。"咔嚓"一声暴雷炸响，大雨倾盆而降。

电闪雷鸣中，刚刚睡下的黄文秀仿佛看见有个黑影从窗外一晃而过，吓得她毛骨悚然，瑟瑟发抖。

她急忙缩进被窝，蒙住头，摸出手机，给朋友邓阳拨通了电话，压低声音颤抖着说："我看见窗外好像有个黑影……"

邓阳让她穿好衣服，打开电灯，把屋门关紧，并安慰她说："别紧张，或许是你看花眼了。若真有什么情况，就拨打110！"

黄文秀紧裹被子蒙着头，不敢再看窗户，一直熬到天明……

几个月后，又是一个周末之夜，又是一场电闪雷鸣的大暴雨。邓阳担心黄文秀又要害怕了，就主动给她打来电话询问情况。

不料，黄文秀笑哈哈地说："现在我不怕了，一来我的胆子练大了，再说还有小黄陪着我呢！"

小黄，是一条田园犬。

这条小黄狗是内江村村干部送给黄文秀做伴的，它机敏又忠诚，白天总是追着黄文秀跑来跑去，晚上就趴在她的宿舍门口守护着。

每当黄文秀搭乘村干们的摩托车下屯去，摩托车在前面跑，小黄狗在后面追，弯弯曲曲的山路上，留下一幅别具特色的风景画……

那满镇下辖13个村，138个自然屯。这些屯子大多散落在丘陵山区，最远的屯子距离镇政府有30多里，全是泥土路，晴天尘土飞扬，雨天一路泥浆。

每次下屯总要搭村干部的摩托，这也不是长久之计。为了方便下屯，黄文秀决定买辆汽车。

普通车也要近十万元，她没有这么多钱。于是，她咬咬牙，贷款买了一辆白色越野车——她喜欢洁白的颜色，越野车也适合跑山路。

当时，黄文秀月工资只有3500元，今后每月要还2400元车贷，这又成了她的一个负担。

但是她说："为了工作，这车需要买。如今咱又不买好衣服，更不买高级化妆品，每月有1000多元，比起那些贫困的村民，我很知足。"

21.请把你的微笑留下

2018年的春节快要到了，黄文秀决定利用这个传统节日，开展几项重点宣传工作。

在下屯调研时她发现，虽然那满镇在外地上大学的学生很多，但毕业后回到家乡的却很少。

"让更多的大学毕业生回到家乡参与扶贫攻坚，这是一支非常大的力量!"黄文秀想。

于是，利用春节大学生放假回家的机会，黄文秀组织召开了那满镇在校大学生座谈会。座谈会上，她深情地向大学生们介绍镇里的情况，让他们从多方面了解那满镇，激发他们对故乡的热爱，真诚希望他们毕业后返乡创业。

往年过春节，家家户户都是办年货、贴春联、炸食品、除夕守岁、拜年祝福等一些传统活动，显得很单调，缺少新意。

2018年春节，黄文秀和镇领导商定，让那满百姓过一个不一样的春节。

黄文秀亲自策划和主持了一系列别开生面的活动——

在雄壮的乐曲声中，那满镇干部职工欢度新春佳节运动会开始了：运动员队伍依次入场，每支队伍都有自己独特的队名——猛虎下山队、战狼队、猎豹队、雄狮队，一个比一个威风；百米短跑、千米长跑、跳远、跳高等项目，运动员争先恐后，一个比一个更高、更快、更强；村民们也都赶来观战助威，呐喊声此起彼伏，运动场变成了沸腾的海洋。

到了晚上，乒乓球、象棋、跳棋、跳绳、篮球等竞赛活动精彩不断，直到深夜，镇政府大院仍然灯火通明，笑声朗朗。

春节七天假，天天有活动。百姓满脸欢笑，纷纷翘指称赞："我们那满镇的春节，从来没有像今年这样热闹过，真是耳目一新啊！""秀儿这姑娘，太有才了，真不愧是北京毕业的研究生！"

黄文秀来到那满镇之后，虽然把自己变成了一个沾满泥土的村姑，但她总想让那满镇的姐妹们美起来，靓起来。为此，她专门组建了一个"那满美女群"。镇长覃素娟，首先被黄文秀拉进了群里，一起和姐妹们聊美容、聊美装、聊美食。

在群里，黄文秀还组建了一个"美食瘦身队"。瞧这名字起的，"美食瘦身"，这不就是鱼和熊掌我都要吗？

所以，刚一上线，就有姐妹发出了感叹："既要享受美食，又要快速减肥，我的天，这个难哪！"

这时，黄文秀就在群里喊道："姐妹们，既吃美食又瘦身，这才是高手啊！咱们一起努力吧！"

随即，"鼓掌""加油"的表情包就在群里蹦跳成一片！

后来，黄文秀挂职期满，离开了那满镇。一个多月后，她还特意回镇里来找覃镇长。

不巧，那天覃素娟下乡了，没能见上面。

晚上，覃素娟从村里回来后，发现宿舍门口放了一个塑料袋，里面装着一沓面膜。覃素娟有些纳闷，不知道是谁放在这里的。于是她就在微信群里问：“是哪一个好心的人送来了面膜，还想着让我美一美啊？”

很快，黄文秀给她发来私信说：“我从网上买的，感觉效果挺好的，你也试试吧。”

覃素娟很感动：“这个善良、能干的秀儿，真是挺让人想念的。”

“那满美女群”和“美食瘦身队”的姐妹们，也都非常想念黄文秀。那天，不知是谁在群里喊了一句：“我想秀儿了！”

随即，群里的姐妹们情不自禁地合唱起来：“请把我的歌带回你的家，请把你的微笑留下……明天明天这歌声，飞遍海角天涯。明天明天这微笑，将是遍野春花……”

2018年3月初，黄文秀圆满完成了在那满镇的挂职任务，回到了市委宣传部。

回到宣传部没几天，组织上号召党员干部到乐业县贫困山村驻村扶贫。

乐业县处于云贵高原末端，山高沟深，是百色最贫困的县份之一。那里的山村地处偏远，社情复杂，贫穷落后，交通闭塞，连一条像样的高速公路都没有。去那里驻村扶贫，显然是一副重担子，也是一份苦差事。

同事们觉得，黄文秀从大都市回到了小城市，又从小城市到那满山区滚了一身泥巴，这次回到市委机关，她该开启一段属于自己的人生征程了。

不料，黄文秀再次主动报名，表示愿意到偏远、贫瘠的百坭村担任驻村第一书记。

当时，黄文秀的父母年事已高，母亲患心脏病常年药不离口，父亲的身体也越来越不好。如果黄文秀在宣传部机关上班，每天都能回家照顾老人。但她没有选择留下，而是选择了向着远方贫困的山区再次出发。

为了寻求做好农村工作的良方，她给有工作经验的姑姑打电话：“姑姑，我已经报了名，要去乐业县的贫困村担任驻村第一书记！”

姑姑说：“秀儿啊，驻村第一书记每天和百姓面对面，最重要的是学会换位思考，要多站在村民的角度想问题，要为他们办实事才行。”接着姑姑话锋一转，又提醒她：“工作要做好，但也不要耽误了自己的婚姻大事哟。”

“姑姑，您的话我一定记着。”挂了电话，黄文秀对着手机鼓腮嘟嘴，笑嘻嘻地来了个自拍。

她又把自己的决定告诉了父亲：“阿爸，要是我们百色山区家家户户都能住上好房子，过上好日子，那该多好。我想努力为家乡做更多的事情。”

黄忠杰明白，在机关坐办公室，风刮不着，雨淋不到，到山村去，那就艰苦多了。

但他最懂女儿，知道秀儿始终怀着感恩的心，是真心想要回报家乡。他说：“秀儿，爸爸支持你！”

“知我者，老爸也。”她开心地笑了。

那天晚上，她在日记里写道：“只有扎根泥土，才能懂得人民。”

从首都北京到百色市，从百色市到那满镇，再从那满镇到百坭村——面对故乡的土地，黄文秀始终把自己放得很低很低，一直低到了泥土里。

但她对故乡的爱，必将在泥土里开出花来，开得缤纷馥郁，鲜艳夺目。

“生活中的秀儿乐观开朗，有想法、有主见。她上初中的时候经常跟我交流功课和想法，上高一时就和我讨论对未来的规划了。”黄文秀不幸遇难后，姑姑黄丽婷含泪回忆自己的小侄女，“坚韧不拔、阳光乐观、乐于助人，这是秀儿的优秀品格，我要把这作为我们家族的一个家风传承下去。我女儿非常崇拜她的表姐，她说‘表姐的精神我一定要继承’，我也希望她的精神能够铭记在我们所有家人的心中。”

第六章

6

哦，百坭

●百妮，一个瘦骨嶙峋的山村，贫穷是这里最深的印记；

●春天，一个文文静静的女孩，义无反顾地来到了这里；

●村支书周昌战心里不由得“咯噔”了一下：“怎么是个女孩子？”

●她把那本《西行漫记》放在了枕边，在她心里，扶贫攻坚也是一次长征；

●在质疑的目光里，她屡屡被拒之门外；

●她的目光依然坚毅，她的脚步更加坚实；

●在开心的笑声里，村民们和她渐渐亲近了；

●怀揣初心与梦想，她矢志不渝，勇敢前行……

22.“怎么是个女孩子？”

2018年3月26日，乐业县新化镇百妮村党支部书记周昌战刚吃过早饭，就接到新化镇打来的电话，说上级给村里派来了新的第一书记，让他来接一下。

周昌战匆匆赶到镇政府大院，走进镇党委书记黄保锦的办公室：“黄书记，我们的第一书记呢？”

黄保锦指着从座椅上站起来的一位年轻姑娘说：“这是黄文秀同志，她就是你们的第一书记。”

周昌战定睛一看，眼前这位面带微笑的年轻姑娘，个头儿不高，圆圆的脸庞，戴一副宽边眼镜，扎着高高的马尾，白白净净文文弱弱的，一副手不能提、肩不能扛的样子。他心里不由得“咯噔”了一下：“怎么是个女孩子？”

黄保锦书记介绍说：“黄文秀同志是从百色市委宣传部下来的，是北京师范大学毕业的研究生，来我们这里之前，刚在田阳县那满镇挂任过党委副书记。希望你们村‘两委’要大力支持她，一起把百坭村的脱贫攻坚工作搞好。”

周昌战虽然心有疑虑，但还是爽快答应道：“我们一定支持。”

此前在那满镇，虽然也是山区，但道路稍平坦些，黄文秀还能对付着开一开自己那辆白色越野车。这次来到新化镇，她向人打听百坭村的路况，听说全是陡峭的山路，心里就发怵了：“就凭自己的车技，这山路我可不敢开车。”

于是，她把自己的车放在镇里，把行李物品搬到周昌战的车上，向着30多里外的百坭村驶去。

山路崎岖，蜿蜒如蛇，汽车左盘右旋，摇晃颠簸，把黄文秀转得晕晕乎乎，不辨南北。

转过最后一个山包，黄文秀眼前豁然开朗，远方一个雾霭氤氲的小山村映入眼帘。来到近前，她看见一栋两层小楼顶上竖立着三个红红的大字：百坭村。

汽车在小楼前停了下来，周昌战说：“黄书记，这是百坭的村部。”

这一天，黄文秀正式就任百坭村第一书记。

23.瘦骨嶙峋的山村

乐业之地，秦代属象郡，汉属郁林郡，唐属双城州地，元、明属泗城土州，清属泗城府、凌云县，1935年设乐业县。

清同治年间，泗城知府朱腾伟在逻耶一带平乱胜利后，便取“安居乐业”之意，将“逻耶”改为“乐业”，沿用至今。

1951年，乐业并入凌云县；1961年，复置乐业县至今。

乐业县境位于云贵高原的东南麓，平均海拔1128米，是广西海拔最高的县份。

这里以山地为主，丘陵次之，平原和谷地较少，山地、丘陵、石山占总面积的比重很大。

由于地处亚热带，雨量充沛，但因地表径流少，以及地形地貌的限制，难以形成流畅的排水系统，雨季极易发生洪灾和泥石流、塌方等次生灾害，冲断道路桥梁，冲毁农田水利设施，淹没果树庄稼，给人们的生命财产造成严重危害。

这里地层褶皱起伏，流水侵蚀强烈，地表遭受切割，峰高谷深，天坑遍布，是典型的喀斯特山区。喀斯特地貌，闭合洼地、漏斗及暗河较多，是岩溶地区。由于岩溶发育形成天然的渗漏，土壤保水能力极差，地表难以蓄水，人畜饮水困难亦因此而生。

乐业境内山脉多为石灰岩，山坡陡峭，基石裸露，石山连片分布，土地资源缺乏，可耕面积少。耕地主要以石灰岩土为主，在缺水严重的石山区，石灰岩土属于贫瘠的土壤，可种植品种有限，产量不高，严重制约了农业产业结构，给脱贫攻坚带来极大困难。

百坭是个行政村，下辖11个自然屯，散居在起起伏伏的大山深处。

村部所在的百布屯，坐落在一片地势较为平坦的小盆地上，四面皆高山：东有百坭山，西是百爱山，灰岩山矗立在南面，北边的坳果山更高更陡。

在村西边，从大山深处流淌出来的谐里河，自北向南流到村头后，随即折身从村东向北匆匆流去，犹如一条晶莹的项链，给这个小山村增添了些许亮色。

百坭，土山土路之意。这里交通不便，出村只有一条路，晴天尘土飞扬，到了雨季又泥泞不堪，汽车开不进来，摩托车也骑不出去，就是徒步走路，泥巴也常常把鞋子粘掉下来。

百坭土地贫瘠，经济落后，是自治区级深度贫困村。到2017年底，全村472户2068人中，还有103户479人尚未脱贫，贫困发生率高达22.88%。

黄文秀要前来担任驻村第一书记的，就是这样一个瘦骨嶙峋的山村。

听说村里新来了第一书记，不少村民来到村部，都想看看这个新书记的模样。当看到是个文文静静的姑娘时，大家就摇起了头：

“女孩子能行啊？”

“是来镀金的吧？”

“住几天就会走的，干不长！”

……

听了这些话，黄文秀并不介意。她面带微笑，挥手和村民打着招呼，转身问周昌战：“周大哥，我住哪里？”

“就在村部。”周昌战一边说，一边和几个村干部把黄文秀的行李搬进了房间。

放下行李，来不及铺开，黄文秀就和村干部们来到了会议室。

周昌战先给村干部们介绍了黄文秀，然后逐一介绍了在座的村干部：村委会主任班智华，副主任黄世根，党支部副书记黄态度，妇联主席韦玉行……

黄文秀说：“我来百坭村担任第一书记，既不是来镀金的，也不会干几天就走，我要扎下根来，和大家一起努力工作，直到百坭村整体脱贫。我知道，咱们百坭村脱贫攻坚的任务很重，困难也会很多，但是我有决心、有信心干好工作。我希望得到大家的帮助，更希望‘两委’的干部们团结一心，带领全体村民一起奋斗，早日脱掉贫困的帽子，走上富裕之路。我表个决心吧，百坭村的脱贫攻坚，不获全胜，决不收兵！”

短短几句话，赢得一阵掌声。

在黄文秀来之前，乐业县有两个助力百坭村脱贫攻坚的后援单位，并派有两位扶贫队员，他们和村“两委”干部建了一个“扶贫工作群”。

在见面会上，黄文秀就加入了这个群，并给“扶贫工作群”重新取了一个响当当的名字——“百坭乡村振兴地表超强战队”。

同时，她还把自己的微信名“秀儿”，改成了“百坭女子图鉴”。

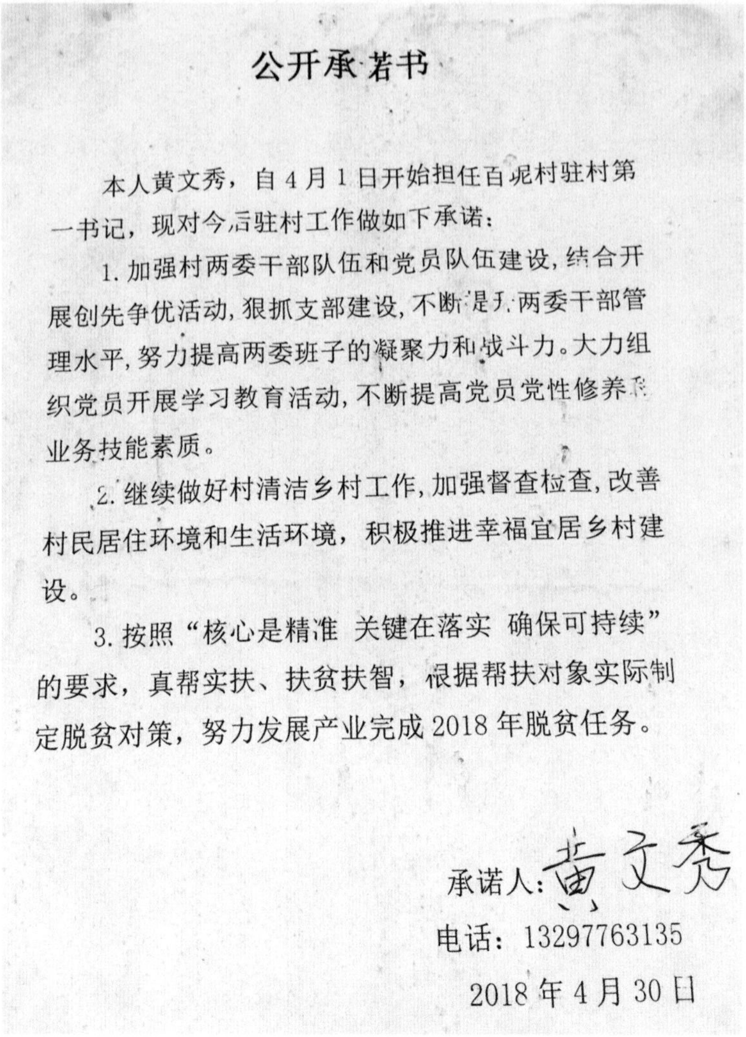

公开承若书

本人黄文秀，自 4 月 1 日开始担任百坭村驻村第一书记，现对今后驻村工作做如下承诺：

1. 加强村两委干部队伍和党员队伍建设，结合开展创先争优活动，狠抓支部建设，不断提升两委干部管理水平，努力提高两委班子的凝聚力和战斗力。大力组织党员开展学习教育活动，不断提高党员党性修养和业务技能素质。

2. 继续做好村清洁乡村工作，加强督查检查，改善村民居住环境和生活环境，积极推进幸福宜居乡村建设。

3. 按照“核心是精准 关键在落实 确保可持续”的要求，真帮实扶、扶贫扶智，根据帮扶对象实际制定脱贫对策，努力发展产业完成 2018 年脱贫任务。

承诺人：黄文秀

电话：13297763135

2018 年 4 月 30 日

黄文秀签下的公开承诺书

黄文秀解释说，这个名称来源于之前火爆全网的《东京女子图鉴》《北京女子图鉴》《上海女子图鉴》等，剧中的女主角们都是从偏远的地方前往繁华大都市，拼命扎根立足，并为此坚持不懈。

但与网剧里的女主角相比，黄文秀却是一个逆行者。

“地表超强战队”，透着一股豪迈之气！

“百坭女子图鉴”，映现一副飒爽英姿！

两个名字，字里字外都展现出勇往直前的精神面貌、奋进姿态和必胜信心。

黄文秀把微信和手机号告诉了村干们：“把我的微信都加上好友吧，我的手机24小时不关机，只要是百坭村的事，不论白天黑夜，可以随时联系。”

黄文秀住的房间不到10平方米，里面只有一张板床、一张木桌、一把木椅。

她把被褥铺好，把那本《西行漫记》放在了枕边。她崇仰长征，这次到百坭村，她特意带上了这本书。在她心里，扶贫攻坚，也是一次长征。

窗外，近处农田庄稼碧绿，谐里河水静静流淌，远处山峰层峦叠翠，不时传来阵阵蛙声和啁啾鸟鸣……

“百坭有美丽的景色，就是太穷了。在贫穷面前，美丽也会失色。尽快让百坭富裕起来，我要努力再努力才行。”站在窗前，黄文秀静静地看着远方，默默地想着心事。

晚上，黄文秀写下了第一篇《驻村日记》：“村‘两委’见我是一个女生，对我也是充满好奇和期待。好奇的是我一个女生怎么来做第一书记了？同时又非常期待我能给大家带来改变。”

24.“百坭来了个好闺女!”

锅碗瓢盆、油盐酱醋、米面菜肉都不齐全，黄文秀暂时还不能做饭，周昌战安排她先在副书记黄态度家吃饭。

遇到了“当家子”，黄文秀就喊他度哥，叫他媳妇嫂子。

后来她发现，黄态度的儿子和自己年龄差不多，于是就又改口叫他黄叔，而嫂子的称呼一直没有变。

黄态度母亲的眼睛不好，那天有些疼痒，黄文秀赶忙搀着老人去村卫生所做了检查，并给老人拿了眼药水。

后来，黄文秀在村部开始自己做饭，做了什么好吃的，就给老太太送去一碗。

当时，百坭村还没种芒果树，黄文秀的父亲在老家种了一片芒

走进田间地头

果林。她每次从家里回来，就给老人捎来一些芒果，老人很稀罕，咬上一口，甜在心里。

老太太看得很清楚，为了村里的事，黄文秀天天都是早出晚归，常常饭凉了还不见她回来。老太太逢人就夸："秀儿是个好孩子，百坭来了个好闺女！"

黄文秀来百坭上任第二天，村部不远处发生了一起交通事故，一辆大车把一个村民碾死了。

得到消息时，黄文秀正在村部和"两委"干部开会。初到百坭村，情况还不熟，她本可以不去，但她毫不犹豫，起身就和周昌战一起来到了车祸现场。她说，既然当了第一书记，百坭村的大事小情，我必须在场。

当时，死者的尸体还没来得及掩盖，血淋淋的场面非常吓人。

周昌战让黄文秀离远些，担心她一个女孩子受到惊吓，晚上做噩梦。

处理完事故，周昌战劝黄文秀说："今晚你回镇上去住吧，免得一个人害怕。"

黄文秀说："不怕，我要挑战一下自己，不然怎么驻村工作呢。"

第二天，黄文秀对周昌战说："昨天晚上，真是胆战心惊睡不着，就连一只蚂蚁在地上爬，我都能听到。"

周昌战说："这次你没被吓破胆，就把你练大胆了。"

从此，黄文秀的胆子果真大了起来。

来百坭之前，黄文秀就把新化镇的驻村第一书记拜访了一遍，取了不少"真经"。

她决定：从走访贫困户、摸清贫困底数着手，开始自己的驻村工作。

在班智华的协助下，黄文秀列出了百坭村从2014年以来全村的贫困户数、脱贫户数、返贫户数。按照上级要求，在103个贫困户中，2018年全村预脱贫计划为88户419人。

这是一个非常艰巨的任务。

以村部所在的百布屯为中心，其他10个自然屯散落在山沟沟里，每个屯只有一条弯弯曲曲的山路与外界连接，最远的长沙屯离村部有30多里。

要跑遍11个自然屯，把100多个贫困户走访一遍，本身就是一件非常困难的事情。

黄文秀背起双肩包，穿上运动鞋，迈开双脚，坚定地走进了大山深处……

25.吃了闭门羹

第一次下屯走访，黄文秀去的是百爱屯。

走进屯子，街里的人们都用异样的目光看着这个陌生的姑娘。

“大婶，我叫黄文秀，是新来的驻村干部。问您一下，韦胜双家住在哪里啊？”黄文秀笑着问一位抱小孩的中年妇女。

大婶“叽里咕噜”说了一串当地方言，黄文秀一句也没听懂，一脸茫然站在原地。那位大婶嘟囔着，转身走了。

百坭村几乎全是壮族，村民通常讲壮语或当地桂柳方言，他们虽能听懂普通话，但会说的人不太多，只有村干部、外出打过工的人以及学生们能用普通话交流。

黄文秀从小在田阳县城上学，都是说普通话，不懂桂柳方言。

正在无奈时，迎面走来一个十多岁的小女孩，黄文秀就上前打问。在小女孩的指引下，她总算找到了韦胜双的家。

“笃笃笃！”黄文秀敲了几下大门，一位中年男子在门缝里探出了头。

"您好，我叫黄文秀，是新来的驻村干部。您是韦胜双吗？"

男子一脸疑惑地点了点头。

"我是来入户走访的，您现在有时间吗？"

男子瞪大眼睛又点了点头，随即把门打开。

走进院子，黄文秀在石凳上坐下，从双肩包里掏出几张表格，拿出笔记本，开始照本宣科地问起来。

韦胜双磕磕巴巴边比画边说，你这么年轻，来村里也就是镀镀金、走走过场吧，跟你聊了也没用。

说罢，低下头抽起烟来，任凭黄文秀怎么问，他什么也不说了。

第一次入户走访，就碰了个软钉子，无奈，黄文秀只好离开。

随后，她来到了贫困户黄世亮家。

黄世亮也是吞吞吐吐地表示了这样的意思：你这个小年青，跟你说了你能帮我们解决问题吗？百坭村穷得很，那么多年了也没让百坭富起来，你一个女娃娃就能行？别在这儿耽误工夫了，赶紧回城里享福去吧。

又是一个软钉子。

黄文秀又去敲响了梁家忠的大门，但大门只开了条缝，老梁挡在门里，没有让她进去的意思。

两个软钉子之后，又吃了一个闭门羹，黄文秀心里非常难过，泪水不由自主地在眼眶里打转转，强忍住才没有流出来。

"她想进门我关门，不让她进来。过去村里也来过第一书记，很多人都努力过，最终也没能让百坭富起来。当时我看到她这个女娃娃，心想，她能做些什么？我不相信她。"如今回忆起那天的情景，梁家忠记忆犹新，深感愧疚。

在百爱屯转了大半天，结果什么信息也没有收集到。黄文秀心里很憋屈，她搞不懂：为什么自己辛辛苦苦地翻山越岭登门走访，老百姓们却这么排斥，不信任，还质疑，甚至连门都不开？

晚上回到宿舍，她一个人坐在床边在想："百坭村今年的目标是88户要实现脱贫，任务非常重。现在已是3月底，时间非常紧，可是我连他们的基本情况都还没有摸到，这怎么行呢？"

想着想着，委屈和压力一起涌来，黄文秀趴在床上，"呜呜呜"痛哭起来……

半夜醒来，她的脑子里全是白天的情景。躺在床上，在窗外此起彼伏的蛙声中辗转反侧，直到东方发白。

听说原来村里的老支书梁建念德高望重，对村情村民很熟悉，黄文秀就登门请教。

见了老支书，黄文秀鼻子一酸，眼圈又红了。

老支书语重心长地对她说："小黄啊，你刚来，老百姓对你还不熟悉，他们不愿与你深聊，你也要理解他们。农村其实就是个熟人社会，老百姓们跟你熟了，自然就接纳你了。"

黄文秀想："是啊，自己初来乍到，人还不熟，就拿着本子向人家问各项收入，对方肯定会有顾虑，甚至反感。看来，我需要先改变自己。要想让群众愿意接近我，就得让群众觉得我和他们是一样的。"

尽管委屈多多，压力很大，但黄文秀不叫苦，不抱怨。早晨起来，她还是一脸微笑。

她在日记中写道："我没有失去信心，想起了那句话——'让扶过贫的人像战争年代打过仗的人那样自豪'。万里长征的战士们死都不怕，这点困难怎么能限制我继续前行？"

碰了软钉子，吃了闭门羹，黄文秀就从自己身上找原因，并及时变换工作方式方法。

此后，她再去贫困户家走访，脱下外套，拿起扫帚，先为他们扫院子，然后才话家常，摸情况；有时贫困户家里没人，她就找到农田里，帮他们摘橘子、收玉米、种油茶，一边干活一边商量脱贫之计，记下相关情况。

黄文秀也曾找机会与担任过第一书记的同志交流，发现大家在工作中都曾遇到各种各样的难题，“我心中也十分困惑，但既然选择了，唯有坚持。在脑海中形成了一个初步的思路：首先是对全镇基本情况尤其是百坭村有一个全局性的认识”（摘自黄文秀日记）。

走过坑坑洼洼的黄泥路，翻过高高低低的山石岗，听着陌生的桂柳方言，带着发自内心的一脸微笑，黄文秀开始把自己的真情渐渐地融入百坭的大地……

26.“难缠”的女娃娃

与村民交流有语言障碍，黄文秀就下功夫学起了当地方言桂柳话，周昌战、班智华、黄态度、韦玉行都是她的语言老师，她一有空就跟着他们学。

“嫩子（怎么样）”“更子（这样子）”“过笼（太过火）”“发气（生气）”……

她一个词一个词练发音。

“你想嫩子？我就更子，你没服气啊？”“你惹得太过笼撩，她发气撩。”……

她一句一句反复练习。

“一过奶老坐在马卵古高头打唧衣（一位老奶奶坐在鹅卵石上面织毛衣）。”——几个月之后，桂柳话的这个绕口令，黄文秀也能流利地说出来了。

她在驻村日记里写道：“我发现我的方言进步了，可以和贫困户完整地用桂柳话交流了。今天到百果屯入户，发现自己真的有进步。”

跨过了语言的障碍，黄文秀更深地融入了百坭村。

那天，有两个村民想逗逗黄文秀。

一位村民递给她几个超级酸的枇杷："黄书记，这个真的很甜，你尝尝吧。"

黄文秀伸手接过来，"咔嚓"咬了一口。哎哟！酸得她龇牙咧嘴，两腮冒水。

另一位村民笑道："你惹得太过笼撩，黄书记发气撩。"

黄文秀噘着嘴、皱着眉，笑着说："哎哟，你更子，我又不是没有吃过糖，你这个枇杷真的好甜哟，甜得我的牙都快掉了啊！"

看着黄文秀噘嘴皱眉的样子，村民们也笑了起来。

在开心的笑声里，村民们和黄文秀渐渐亲近了。

一个城里来的女研究生，走家串户，帮着扫院子、干农活，还那么和蔼可亲，村民们反倒觉得不好意思了，主动向黄文秀敞开了家门，也敞开了心扉。

此后，黄文秀再去走访，不少人就跟她开玩笑说："你这个女娃娃，还真是'难缠'得很哩！"

听到这话，黄文秀很开心，这说明村民们终于接受了自己。

春夏之交，正是农忙时节，村民都是傍晚六七点钟才收工。黄文秀就带着扶贫队员在晚上去登门走访，常常聊到深夜才回宿舍。肚子饿了，她用电饭锅熬上一锅稀粥，和大家一起就着腌菜，津津有味地喝起来。

同事们走了，她还要熬夜整理走访资料，写工作总结。

连续几个月没明没夜地奔走，再加上一日三餐不规律，饥一顿饱一顿，黄文秀的肠胃出了问题。

一天早饭后，黄文秀突然肚子疼得非常厉害，她捂着肚子蹲在地上，额头直冒冷汗。

驻村队员让她去医院检查，她说不要紧，过一会儿就好了。可是过了半个小时，肚子疼得更厉害，她趴在床上起不来了。

村干部立刻开车，把她送到了县医院。

镜检结果出来了：胃溃疡和急性肠炎。

医生说，住院吧。

她说，不行，村里工作离不开。

拿些药，她又回到了百坭村。

此后，黄文秀就在双肩包里放了一些葡萄糖注射液、面包、方便面，工作忙得来不及吃饭，她就喝点葡萄糖，吃个面包补充体力。

由于长期伏案熬夜写材料，黄文秀还患有腰椎间盘突出，有时疼得直不起腰，但她总是一声不吭，默默撑着。

村妇联主席韦玉行发现后就劝她："秀儿啊，人不是铁打的，总有病累的时候，你现在要多多休息，工作先放一放吧。"

她说："阿姐呀，我不能停，一停下来工作就落后了。"

时不我待、快马加鞭、只争朝夕，这些词语总是闪现在黄文秀的脑海。在扶贫攻坚的路上，她都恨不得飞起来，哪敢放慢脚步呢？

"晚上秀儿都是饿着肚子去走访，回来往往都半夜了，每次她总是把我先送回家，再回宿舍简单煮碗粥吃。"韦玉行很心疼这个小妹妹，"一个正是爱美年龄的姑娘，自从来到百坭村，一次也没有穿过高跟鞋，脚上除了运动鞋就是水鞋，上面还天天沾满泥巴。"

有天晚上，黄文秀和几名村干部走访回来，遭遇了暴雨，泥石流堵住了道路，车子进退不得，只好弃车步行。

为了防止被洪水冲散，大家手拉手冒雨前进，就像长征路上红军战士挽臂过草地那样，绕了很久才回到村部。

看着大家满身泥水，黄文秀笑着说："我们应该拍照留念。"

一位村干部说："我们的眼睛都是镜头，难忘的影像都存在心底呢。"

这天晚上，黄文秀在日记里写道：“马克思说过，如果斗争是在极顺利的成功机会的条件下才着手进行，那么创造世界历史未免就太容易了。脱贫攻坚是一场战斗，作为年轻党员，就是要不怕困难，迎难而上，无怨无悔，矢志不渝地前行。”

27.“我还不够勇敢！”

“送钱送物，不如建个好支部。”

“脱贫攻坚战，支部是关键。”

在县里参加驻村第一书记培训时，黄文秀把这些话写在了笔记

为村民服务的“总部”

本的醒目位置。

把百坭村党支部建成脱贫攻坚的战斗堡垒，黄文秀注重从细小之处着手，提高支部成员的综合素质。

“周大哥，这是我买的一个电脑手写板。”那天，黄文秀把一个电脑手写板放在了村支书周昌战的桌子上。

周昌战一愣：“给我这个干什么呢？”

“学电脑啊。现在是信息时代，网络都普及到村里了，电子政务、电子商务是大方向，都要用到电脑。我发现，咱们村‘两委’干部，只有两个人会用电脑，这可不行。”黄文秀把电脑板向周昌战近前推一推，说：“村干部学电脑，从村支书做起。”

“我这么大年纪了，还能学会吗？”周昌战有些犹豫。

“没问题，我来教你。”黄文秀笑着说，“学电脑可没有戒烟那么难。”

“好好，我学。”周昌战连连答应。

在黄文秀的帮助下，村支书周昌战、村委会副主任黄世根等村干部们，不仅学会了打字，还学会了绘制表格、打印图片，在电脑上看文件、查资料。

那天到黄态度家去吃饭，黄文秀发现他正在练习毛笔字，就说：“黄叔，你也喜欢书法啊？”

“是啊，有时间我就写几个字，写不好。”

“我也喜欢书法，今后咱们一起练。”

过了几天，她就送给黄态度一套练毛笔字的文具。

后来，每当村里开大会，她就让黄态度写会标。村里开展一些宣传活动，黄态度总是把标语写得活蹦乱跳，引人注目。

黄态度夸奖说：“文秀书记是个大才女，自从她来到百坭村，把‘两委’干部的文化素质带高了一大截呢。”

在入户走访中，一些村民给黄文秀反映：村“两委”干部为群众办事不够主动，去村部办事常常找不见人。

黄文秀心想，脱贫攻坚，干部和群众必须拧成一股绳。村干们需要主动作为，及时为群众排忧解难才行。

她和周昌战商量后决定，实行村干部坐班值班制度，每天村部都要有专人负责接待群众。黄文秀身体力行，带头值了第一天班，此后村部里干部值班从来没有间断过，群众的满意度大幅提升。

黄文秀专门走访了村里的38名党员，征求他们对全村脱贫攻坚的意见和建议。她还亲自动手，在村部建起了规范化的党员活动室，把党员划分为3个党小组，方便党员参与各类活动，并经常参会指导各小组的活动。

思想政治教育专业科班出身的黄文秀，把书本知识带到山村田野，把抽象理论用到鲜活实践中，使得专业知识融进泥巴，接通地气，发挥效能。她组建了百坭村“新时代讲习所”，亲自走上讲台，向党员和群众讲解党的大政方针、具体政策和乡村振兴战略。

“文秀书记总是用生动的故事、通俗的语言，把抽象的东西讲得生动易懂，大家都听得进去，记得牢靠，用得顺手。”班智华非常钦佩黄文秀，“她既能讲好课，工作方法也很多。”

凤山至乐业将要修建的二级公路经过百坭村，征地过程中产生了大大小小20多起土地纠纷，工作进展受阻。

解决征地纠纷，这是件非常困难的事。

刚来百坭不久的黄文秀迎难而上，登门入户做工作，动之以情，晓之以理：

“大叔，我们百坭不通公路，发展不起来，您的收入也受影响啊！要想富，先修路，我们得积极配合，您说是吧？”

“大哥，征地后土地少了，但我们的农副产品出山方便了，一亩地会有两亩地的效益，这个账我们要算明白，对吧？”

“大姐，公路修通后，你可以建门脸房，也可以建储藏库、加工厂，靠着公路能多赚钱，你看是不是这样？”

“大嫂，征地补偿，国家有标准，公平公正公开，哪能亏待你一家呢？”

登门入户之外，黄文秀还先后40多次深入现场了解情况，最大限度维护村民利益。

跑断腿，磨破嘴，精诚所至，金石为开，20多件纠纷一一化解，57户村民的征地如期顺利完成。

通过解决征地纠纷，黄文秀成了村民的“知心人”，“秀儿这姑娘，为人实在，说话和气，办事公平，谁都佩服”。

“文秀书记能力很强，又非常敬业，扶贫工作任务重，很苦很累，有时候我们这些大男人都吃不消，但她一个小姑娘，我从没听她说过一个‘苦’字，真是难为她了。”说起与黄文秀并肩工作的情形，村支书周昌战甚是动情。

由于把自己的汽车放在了镇里，前去那些路远的屯子，黄文秀只好搭乘村干部的摩托车。她觉得长期这样不行，就下决心突破一下自己。

那天，她来到镇里，开上自己的汽车，小心翼翼地驶上了通往百坭村的山路。

一路上，她把汽车开成了老牛车，紧紧把着方向盘，两手都攥疼了，额头上汗津津的。还好，总算把车开到了村部。

此后，每当下屯，黄文秀就壮起胆子，自己驾车。

行驶在百坭的“天路”上，她非常紧张，车子像个蜗牛在爬行，就这样还不时熄火停车。

有一次，周昌战和几位村干部坐着她的车下屯，每当远远看到对面有一辆车开过来，她就会选一处比较宽的路段，靠边停车，让对面过来的车先过去，然后她才敢继续开。

周昌战打趣说：“黄书记，你这车开的，比考驾照时还小心呢。”

黄文秀笑道：“是啊是啊，不过等我练好了技术，驾车如飞的时候，别把你们吓着才行啊！”

凭着一股倔强劲儿，一个月之后，黄文秀真的能在山路上开着汽车来回“飞”了。

她的车是越野型的，底盘稍高一些，所以下屯时，村干部们基本上都是坐她的车。从此，黄文秀既是第一书记，又是专车司机。

行驶在百坭的“天路”上，每当她的车速开得稍快时，周昌战和村干部们就会赶紧说：“慢点慢点，安全第一！”

这时，黄文秀哈哈笑道：“天哪，我开车慢也不是快也不是，怎么着都是你们有理啊！”

大家都笑了起来！

经过两个多月走访，黄文秀基本掌握了全村贫困户的情况。她把每一户的致贫原因清清楚楚地写在笔记本上，也都点点滴滴记在了心里……

陌生的环境，陌生的语言，紧迫的任务，黄文秀时常感到压力很大。

累的时候，难的时候，黄文秀就在日记里鼓励自己：“我还不够勇敢。从3月26日到现在，一共67天。我还是没有（想到），我成了一个深度贫困村的第一书记。我是我们村脱贫攻坚工作的第一责任人，兼任贫困村驻村工作组组长，我一定要负责到底。”

夜晚，黄文秀觉得眼睛干涩，身体疲惫。

她走出自己的小房间，来到村部前的小广场上。

夏夜的百坭村，夜风送来阵阵田野的清香，她抬头看看夜空，穹宇深邃，繁星闪闪。此时远方飘来隐约的歌声，仔细一听，正是自己喜欢的那首《夜空中最亮的星》，悠悠歌声带给她心灵的共鸣，她转身回到房间，取出那把静默了好久的吉他，轻轻弹唱起来：

夜空中最亮的星，
请照亮我前行。
我祈祷拥有一颗透明的心灵，
和会流泪的眼睛。
给我再去相信的勇气，
哦！越过谎言去拥抱你。
每当我找不到存在的意义，
每当我迷失在黑夜里。
哦！夜空中最亮的星，
请指引我靠近你……

拨动琴弦，低声吟唱，黄文秀联想到百坭村的诸多困难，面临的种种问题，心绪难平……

是迷失彷徨，徘徊不前，还是知难而进，星夜兼程？

夜空深处有最亮的星，心底深处有最美的梦，夜色褪去，又是万道霞光，阳光普照！

黄文秀更加坚定了脱贫攻坚、勇敢前行的决心和信心——脱贫攻坚，一诺千金，不获全胜，决不收兵！

2001年制定的《中国农村扶贫开发纲要（2001—2010年）》，标志着我国扶贫工作进入巩固扶贫成果、提高发展能力、缩小发展差距的综合开发阶段，并把贫困人口集中的中西部少数民族地区、革命老区、边疆地区和特困地区作为扶贫开发的重点。

2011年出台的《中国农村扶贫开发纲要（2011—2020年）》，又提出建立健全扶贫对象识别机制，做好建档立卡工作，实行动态管理，并明确把连片特困地区作为主战场。

2013年，习近平总书记在湖南考察时首次提出了“精准扶贫”

这一概念，同年国务院制定出台了《建立精准扶贫工作机制实施方案》，由此在全国范围内拉开了精准扶贫工作的序幕。

2018年2月，习近平总书记在打好精准脱贫攻坚战座谈会上的讲话中指出："脱贫攻坚是一场必须打赢打好的硬仗，是我们党向全国人民作出的庄严承诺。一诺千金。……3年后如期打赢脱贫攻坚战，中华民族千百年来存在的绝对贫困问题，将在我们这一代人的手里历史性地得到解决。这是我们人生之大幸。让我们共同努力，一起来完成这项对中华民族、对整个人类都具有重大意义的伟业。"

第七章

7

心中的长征

●驻村百垅之后，黄文秀绘制了一幅“贫困户分布图”，贫困户的家庭情况、致贫原因、居住位置，包括街道小巷、蜿蜒小路，都标记得清清楚楚，上面还写满了一个个满含期待的名字——这是她最牵挂的人们；

●这幅“贫困户分布图”，也是她扶贫攻坚的“作战地图”。怀揣这份“作战地图”，她步履铿锵踏上了“长征”之路；

●驻村一周年，她的汽车里程表增加了两万五千公里；她发了一条微信朋友圈：“扶贫之路，对我而言更像是心中的长征！驻村一周年愉快！”

28.“就冲你，我签字！”

者乐屯的贫困户黄邦旋，是有名的倔脾气。

那天，周昌战和一位村干部去黄邦旋家填写《扶贫登记表》，不料黄邦旋把大门“咣当”一关，阴沉着脸说：“不给我办低保，那我要‘贫困户’干什么？我理你们村干部做什么？”

任凭怎么喊，老黄就是不开门。

进不了门，《扶贫登记表》填不成，后续工作就无法进行。

这时，黄文秀过来了，说：“我来试试。”

她一边敲门，一边打起亲情牌：“你姓黄，我也姓黄，我叫你一声哥吧。哥，你这么聪明、勤快，如果再加上政府的扶持，你一定能奔小康。你要是不开门，填不上表，你不是要受损失吗？哥，有事开门慢慢说，好吗？”

黄邦旋听着小姑娘这么亲切的声音，想起很多村民都说新来的第一书记非常和蔼，他的态度有所缓和。

门开了，黄邦旋还是黑着脸：“我为什么不能享受低保？为什么不给我发小额信贷和产业补贴奖？你们不给我办这些，我就不签字。”

黄文秀笑着说：“哥，你放心，只要符合上级政策的事，我一定全都给你办。还有，你要是把果园经营得好，我还能帮你申请产业奖励补助款呢。”

“你说话当真？”

“哥，我是村里第一书记，这还能说假话？”

见黄邦旋态度和缓了，黄文秀赶紧趁机给他做工作：“哥，村支部和村委会多次研究过你家的情况，根据上级文件规定，你真的不具备吃低保的条件。但是，国家扶贫政策多得很，何必就只想着吃低保呢？吃低保只能解决基本生活问题，要脱贫致富还得不等不靠加油干，自己干出来的致富路子，才最长久，最光荣。”

黄邦旋听得很认真，心有所动。

黄文秀接着说：“哥，你可以申请产业补贴资金，用这笔钱来种果树，种得好的话，脱贫致富不成问题，比仅仅吃一点低保要靠谱啊！这事我们支部和村委，都会大力帮助你！”

黄邦旋脸上终于有了笑容：“小妹妹，你说的是有道理。好，就冲你，我签字！我认准的道理，就不会变。从今天起，我老黄要跟着你们大干一场，我也富一回！”

在场的人为他鼓起了掌！

不久，黄文秀为他争取到了7000元产业奖补资金，并帮助他在山地里种上了砂糖橘、油茶、枇杷等多种果木。黄文秀时常到他的果园查看，还教他剪枝施肥，指导他做好果园护理。

从此，黄邦旋和黄文秀一直以兄妹相称。

经过这件事，周昌战和村干部都对黄文秀赞佩不已：“文秀书记做群众思想工作，还真是有一套！”

黄文秀在驻村日记里写道：“上午入户了解情况。到的地方为者乐屯。黄邦旋、蒙隆球、韦乃情，这几家都是帮扶对象。蒙隆球已申请易地搬迁；韦乃情家中又添丁一位；黄邦旋的果树长势良好。这几户若无意外，2018年脱贫没问题。晚上7：30，在镇里召开了工作部署会。黄保锦书记向我们传达了县一级脱贫攻坚工作计划和目前镇一级的工作安排，并向我们强调，要转换角色，用自己的青春推动脱贫攻坚事业。”

春去秋来，硕果满枝，黄邦旋的果园获得了大丰收，2018年底摘掉了贫困户的帽子。

在入户走访中，黄文秀发现，有些人不愿意承认自己是贫困户，但有些人又争着做贫困户，有些人甚至质问：“我为什么得不到贫困户的名额？而谁谁家庭条件那么好，反而是贫困户，我就是不服！”

黄文秀就对他们耐心解释：能不能被定为贫困户，不是哪一个人说了算，而是要按照自治区统一的标准评定，评定过程很规范、很全面，户主申报后，由县一级和镇一级的干部登门入户，根据户主实际申报和入户精准识别的情况，由村民小组评议之后，再经过村委会评议，最后才能定为贫困户。

经过一次次耐心解释，这些农户才打消了疑问。

那天，一个贫困户因没有得到危房改造补助名额指标，情绪很激动，户主来到村部，开口就一个劲儿地责问，问的都是些刁钻古怪的问题，而他的儿子还拿着手机全程在录像。

户主大吵大闹，把不满发泄在了黄文秀身上。

黄文秀喊来周昌战，当着户主的面，摆明了问题的原委：

危房改造补助到2017年以后已经不按指标去评定了，在这期间，被识别为贫困户的，只要房子旧，住在里面没有安全保障，就可以申请救助指标。

2018年以后，这家人被识别为贫困户时是一个整户，但是后来这一户的两个儿子都成家了，两兄弟在2018年同时建了2栋房子，按照政策规定，他们只能享受1栋房子的危房改造补助指标，但是他们却想同时拿到2个指标。

摆明情况后，黄文秀说：“大叔，周书记刚才都摆清楚了，按照上级政策规定，你家识别的是一个贫困户，所以只能得到一个危房改造补助指标，不是村里故意不给你。你说是吧？”

经过一番耐心解释，他们也就走了。

事情到此，本可以结束了，但黄文秀却没有止步。

第二天，她主动前去这户人的家里深入了解情况，还来到贫困户的田地里去实际查看。

黄文秀发现，这个贫困户家里已经种有2亩砂糖橘和4亩脐橙，但管护期间缺少资金投入，果树长势不好。

根据这个贫困户的情况，黄文秀帮他申请了小额信贷和产业奖补金共7000元。当户主收到第一笔3000元的资金时，激动地说：“黄书记是真心为我们老百姓啊！”

29.那本鲜红的《扶贫手册》

者乐屯，百坭村最南端的一个小屯。

一条坑坑洼洼的山路，连接着三家贫困户，一家在北面，两家在南面，南北相距十几里，其中南面两家的中间还隔着一条河。

这三家贫困户都是黄文秀的帮扶对象。

即使在天气晴好的日子，到这三家走访一遍也要一天时间。若遇到下雨，一天也仅能走访一户人家。尽管山路难走，黄文秀一直坚持每个月都要走访几次。

韦乃情就是这三家贫困户之一。

主动为群众排忧解难

黄文秀第一次去韦乃情家，是在大雨过后。村道崎岖，路面上还有一洼洼积水，泥泞难行。上坡时车轮打滑，黄文秀只好把车停在路边，徒步前行。

她要从一座高吊桥上走过去。桥长约50米，宽不到1米，悬空足有10米高，人走在上面，吊桥就会大幅度左右摇摆。

第一次走上摇晃得这么厉害的吊桥，黄文秀两腿有些发软，她用手紧紧抓住吊桥的护索，才小心翼翼地走了过去。

“韦大叔在家吗?”黄文秀站在门口问道。

“哦，在呢。”韦乃情答应着，从屋里走了出来。

“大叔，我叫黄文秀，是新来的驻村书记，今天来看看您。”黄文秀自我介绍说。

看着眼前这个一脸带笑、说话和气的姑娘，韦乃情一时不知道该说些什么，显得有些手足无措。

简陋的房屋，破旧的衣裳，粗糙的大手，沧桑的脸庞，神色黯淡的眼睛——黄文秀看着眼前的韦大叔，心头不禁涌起一份悲凉。

“姑娘，哦，黄书记……您到屋里坐吧。”韦乃情有些紧张。

黄文秀上前扶住他的胳膊，和蔼地说：“好，大叔，我们到屋里说话。”

屋里乱糟糟的，各种物件随意放在地上，看得出来好久没有收拾了。

“大叔，您坐下，我先把屋子收拾一下。”说着，黄文秀拿起扫帚，就开始打扫起来，不一会儿就把屋子拾掇得整整齐齐。

韦乃情端起暖水瓶，倒了一杯热水，两手捧着递给黄文秀：“黄书记，喝口水吧。”

“谢谢大叔！”黄文秀接过水杯，说，“大叔，今后我会经常来您家，我们就是一家人了，您不要喊我黄书记，喊我文秀就行。”

“好，好。”韦乃情心头一热，觉得这个第一书记好亲切呢。

年近六十的韦乃情，性格内向，由于家里贫穷，小时候只读到小学二年级就辍学了。妻子龙氏练只会说壮语，也不识字。夫妻俩育有一男二女三个孩子，儿子已经结婚生子，两个女儿还在上学。他们主要靠种地为生，家里经济状况很差，是建档立卡贫困户。

这天，黄文秀详详细细地登记了韦乃情家里的情况，并按照扶贫政策，为他的两个女儿填写了“雨露计划”申报表。

过了几天，黄文秀又来到了韦乃情家，告诉他“雨露计划”批下来了，两个女孩子每人每年能得到3500元的补助。

韦乃情听了，非常高兴：“这可帮了我的大忙了。”

然后，黄文秀和韦乃情开始商量如何实现脱贫。

韦乃情看着比自己儿子大不了几岁的黄文秀，越看越像自家的闺女。心里有了亲近感，说话就不紧张了。

于是，他对黄文秀说出了自己的一桩心事：“我们家靠种田，一年到头收入不了几个钱。儿子已成家，又有了孩子，拉家带口的，光靠种地也不行，为了他今后有个出路，我想让他学门技术。可是学什么呢？我有些犯难。”

黄文秀安慰他说：“大叔，您别发愁，我来想想办法。”

三天后，黄文秀又专门来到韦乃情家：“大叔，我给老弟联系好了，去学习开挖掘机吧，学会了这个技术，找份工作比较容易，并且工资还不低。”

韦乃情听了很高兴：“嗯，这是个好出路。”

少顷，韦乃情又低下头，搓着两手，长叹一声。

黄文秀忙问道：“大叔，又犯什么难呢？”

韦乃情吞吞吐吐地说：“学开挖掘机，得交不少学费吧？可是家里……”

“哦，大叔，我还没来得及给您说呢，我联系的是西林县的一家技校，那里对贫困家庭的学生有资助，不用交学费，还管吃管住。”

黄文秀从包里掏出几张表格，递给韦乃情：“这是技校报名表。另外，按照上级扶贫政策，我还给您办理了小额贴息贷款。我帮您填一下，您按个手印，过不了几天就能批下来。用这笔贷款，家里可以扩大油茶种植，再把林下养殖搞起来，养猪养鸡都可以啊。这样，家里脱贫致富就有保证了。”

黄文秀为他想得这么周到，大大出乎韦乃情的意料。看着眼前这个过去素不相识的姑娘，他泪水盈眶，哽咽难言。

两天后，儿子高高兴兴去了西林县技校，翻开了他的人生新一页。

韦乃情过去仅种了4亩油茶，在黄文秀的帮助下，他利用小额贷款，把油茶扩种到了22亩，还养上了生态黑猪和一群土鸡。

茶树碧绿，黑猪滚圆，土鸡抖羽振翅、引颈而歌。看着这一切，韦乃情脸上的皱纹渐次舒展，黯淡了多少年的眼睛透露出喜悦的光亮，他对未来的生活充满了希望。

自从和韦乃情结成了帮扶对子，黄文秀每个月要到他家来三四次，每次来都会给他的小孙子带来牛奶、糖果和玩具。

到了春节，黄文秀又给韦乃情的小孙子带来了500元红包。

韦乃情连连推着，就是不肯要，他说："文秀书记，你一直在帮我们一家，我非常感激。你每一次来，我都没见你穿过一件好衣服，我知道你并不富裕，这要是再给钱，我心里真过意不去。"

"大叔，虽说我不富裕，但比您还是要好多了。您正在困难的时候，我就是力所能及地帮您一下，最终脱贫致富，还是要靠您自己搞好生产。"黄文秀把那个红包塞到了小孙子衣袋里，说："这就算是给孩子的压岁钱了。"

韦乃情觉得心里热乎乎的，眼圈红了，不知道再说什么好。

春节刚过，韦乃情又遇到了一件闹心事：小孙子病了，住进县医院，医药费花了4600多元。可是孩子一岁了，还没上户口，住院费不能报销。

这下，韦乃情又犯难了。

黄文秀听说后，就又为他这事奔波起来：先是帮他收集材料，开具证明，拿到派出所办理了户口。然后又到县里，申请医疗补助，一连跑了好几趟，才把所有手续都办妥，孩子的住院费终于按照规定得到了报销。

韦乃情的愁眉又舒展了。

更让他感到欣慰的是，儿子在技校毕业之后，很快就找到了工作，一个月能挣6000元呢。

那天，当儿子把领到的第一笔工资交到他手里时，韦乃情高兴得合不拢嘴，连连说："这得感谢文秀书记啊！"

过去，韦乃情的山坡地里还种有4亩枇杷。树苗已经种下6年，按说早就该挂果卖钱了，但由于不懂管理，枝头一直稀稀拉拉挂不了几个果子。

黄文秀给他带来了一些枇杷种植资料，还请来技术员，到果园里手把手教他如何剪枝、施肥、浇水、治虫……

2019年春天，韦乃情的枇杷树终于结出了金黄的果子。

四月暖风吹来，枇杷成熟了。韦乃情轻轻摘下一个，细细品尝了一口："嗯，果子好甜哩！"而他的心里更甜，因为家里又多了一项收入。

在黄文秀的帮扶下，韦乃情一家在2018年底终于摘掉了贫困户的帽子。

当听到文秀书记不幸遇难的消息时，全家人哭成一片。

韦乃情颤抖着双手，从抽屉里拿出那本鲜红的《扶贫手册》，轻轻翻看着，念叨着："这上面清清楚楚记着呢，专门为帮扶脱贫的事，文秀书记一共到我家里来了12次。而到镇里、县里为我家办别的事跑了多少次，这上面没记着，但都记在我的心里了。她一心一意帮我，让我们家脱了贫，就像我女儿一样，甚至比我女儿还好啊！"

说着，韦乃情把这本鲜红的《扶贫手册》紧紧抱在胸前，哭得像个孩子……

30."文秀书记，我敬你！"

长沙屯在百坭村最北端，距离村部30多里，是最远的一个屯。

这天，黄文秀开车前往长沙屯，走访贫困户黄仕京。

昨夜刚下过一场雨，山路泥泞湿滑。汽车开到离长沙屯还有两公里的地方，土路变窄，沟壑纵横，无法前行。

黄文秀把车停在路边，徒步向长沙屯走去。

50多岁的黄仕京，从小没上过学。他知道，自己这辈子就是吃了没文化的亏，所以，他一直对孩子的学习非常上心。

2018年夏天，大儿子在广西民族大学读书，小儿子考上了广西医科大学。家里出了两个大学生，黄仕京很高兴。

但要供两个孩子上大学，仅靠种庄稼外带种植一些八角，连孩子的学费都不够，所以他和妻子一边种田，一边外出打工。即便这样长年累月地苦干，家里还是陷入贫困。

黄文秀进屋刚坐下，黄仕京就说："文秀书记，今年我先不考虑脱贫的事，眼下最着急的是两个孩子的学费。"

"大叔，我今天来，就是要帮助你解决这件事情。"黄文秀说着，从双肩包里掏出几张表格，"这是国家专门救助建档立卡贫困家庭的'雨露计划'申请表，我们按要求填一下，过几天批下来，每个孩子就能得到5000元助学款。"

"谢谢谢谢，这样就帮我的大忙了。"黄仕京很激动，眼角泛起泪光。

填好"雨露计划"申请表，黄文秀又和黄仕京聊起脱贫致富的事情……

黄大婶把饭菜端了上来，矮矮的地桌，斑驳的桌面，盘子、大碗、铝盆里盛着贫困农家最简单的饭菜，却洋溢着乡亲最纯朴的热情。

黄仕京喊来隔壁韦大叔作陪，他用粗瓷碗倒上自家酿的玉米酒，双手端起说："文秀书记，你辛苦了，我先敬你。"

"大叔，这都是我应该做的。"黄文秀端起酒碗和黄仕京依礼相碰，浊酒入口，唇齿溢香。

在低矮的农家小屋里，用粗瓷大碗畅饮农民自酿的玉米酒，这是黄文秀过去从来没有过的经历。她觉得，这是自己喝过的最香最甜的酒。

让孩子走出穷山沟，走进大城市，摆脱穷苦的命运，一直是黄仕京倾尽全家之力供养两个孩子上大学的初衷。

可是，眼前这位姑娘，从山区出去了，在首都北京研究生毕业后，却又回到了穷山沟，这让黄仕京难以理解："世上还有这样的人？"

酒酣耳热之际，黄仕京终于向黄文秀说出了自己心里的疑惑："文秀书记，听大家说你也是大学毕业，还是北京毕业的研究生，怎么要到这么边远的山区农村工作呢？我的孩子以后也会面临着找工作问题，我真的好奇你当初的选择。"

黄文秀说："大叔，我们百色是革命老区、少数民族地区和贫困地区，也是我的家乡。面对家乡的贫困情况，我作为一个党员，有什么理由不回来呢？共产党是切实为群众谋发展、谋幸福的党，我响应党的号召，来到艰苦偏远的山区工作，是我的使命。我是受到了国家和社会的资助，才能够上中学、大学，又读了研究生。我回到山区来，也是回报家乡的养育之恩呢。"

黄文秀一席话，让黄仕京肃然起敬，双手竖起大拇指，随即又端起酒碗："文秀书记，我真的敬佩你！"

作陪的韦大叔，也向黄文秀敬酒："黄书记，我家里有个孩子也在上大学，我也要让他在学校申请入党，毕业之后也要让孩子回到家乡来。"

听了韦大叔的话，黄文秀心里非常感动。

她双手端起酒碗，和韦大叔恭敬相碰，深啜一口，哦，好甜，好香！

黄仕京当场给他的两个孩子拨通电话，把黄书记给他们申请"雨露计划"助学款的事说了，并要求他们在学校要好好学习，积极争取入党。

……

这天晚上，黄文秀在日记里写道："今天在黄大叔家，我端起了满是茶渍的旧瓷碗，喝起了略显浑浊的玉米酒，丝毫没有觉得别扭，就像在自己的家里一样，一切都是那么自然，那么温馨。百坭的父老乡亲需要我，我更需要他们。黄大叔的两个孩子都在读大学，我帮他们申请了‘雨露计划’。老人家激动得哭了，说这一切都感谢党，让我无比动容。”

后来，黄文秀又为黄仕京申请了小额贴息贷款，帮助他扩大了油茶种植规模，让他家走上了脱贫致富的路子。

黄文秀把这次前往黄仕京家走访的情景，写进了一篇扶贫体会文章里，并在她的母校北京师范大学的网站上刊登，引发了校友和老师们的热烈反响。

北师大的许多学生，追随着黄文秀的足迹，纷纷前来百坭村参加社会实践，开展支教扶贫。

2019年3月26日，黄文秀担任百坭村第一书记整整一周年，她的汽车仪表盘里程数也正好增加了25000公里，“两万五千”这个数字，顿时让黄文秀想起了长征。

于是，她发了一条微信朋友圈：“扶贫之路，对我而言更像是心中的长征！驻村一周年愉快！”

31.“钱来了，她却走了……”

2019年4月的一天，黄文秀正在村部办公室整理资料，“笃笃笃”有人敲门。

来人是一位中年男子，名叫韦峰灵，他的三个孩子都在上学，负担很重，家里陷入困境。

“能不能申请一些补助呢？”他抱着试试看的心态，找第一书记黄文秀来了。

黄文秀给他倒了一杯水，请他坐下慢慢说。

“黄书记，我就是来问问，看看我们家能不能成为建档立卡贫困户，孩子上学能不能申请一些补助。”韦峰灵说。

黄文秀认真听了他讲的情况，和蔼地说：“韦大哥，让你跑这么远的路过来，说明我的工作还没做到家。这样吧，今天你先回去，你家的情况我再核实一下，一定帮你解决。”

很快，黄文秀就来到了韦峰灵家。仔细查看过他家里的情况后，黄文秀对他说：“韦大哥，你家孩子两个读大学、一个读高中，负担的确很重。你放心，助学补贴这事交给我。你安心把农田种好，收入多了，也就有更多的钱供孩子读书了。”

黄文秀将韦峰灵家的资料整理好后提交村“两委”讨论，会议决定将韦峰灵列为建档立卡贫困户。

第二天，黄文秀就前往县城帮韦峰灵的孩子申请“雨露计划”助学金，同时为他办理农业种植的惠农补贴。

在大街上，黄文秀的手机响了，是母亲打来的。

“阿妈，您身体怎么样？”她问母亲，母亲却低声哭了。

黄文秀的心瞬间揪了起来：“阿妈，您别哭，发生什么事了？”

母亲抽泣着说：“你阿爸病了，医生说是重症……”

黄文秀驾车一路飞奔来到医院，看到父亲正在病床上昏睡，母亲默默垂泪，哥哥姐姐脸色凝重。

黄文秀蹲在病床边，轻轻握住父亲的手。这是一双粗糙的老农之手，也是曾经为儿女们遮风挡雨的慈爱大手！如今，这双手皮肤松弛，青筋如蚓，枯瘦无力。黄文秀深情抚摸着父亲的手，热泪滚滚，呜咽不止……

她悄悄向姐姐问了父亲的病情。姐姐说，是肝癌晚期，医生建议尽快手术。

为了不让父亲有心理负担，黄文秀和家人约定，对父亲隐瞒病情，只说是个小手术。

次日清晨，父亲醒来，他看着守在病床边的小女儿，满脸怜爱地说：“秀儿，你可以努力工作，但也要注意身体。”文秀强忍泪水，连连点头。

想着韦峰灵的事情还在等着办理最后一道手续，黄文秀对姐姐说：“百坭的村民有急事要办，我需要抓紧回去，这两天你和哥哥先辛苦一下。”

姐姐说：“我和哥哥照看阿爸，你就安心忙工作吧。”

告别了病床上的父亲，黄文秀含泪返回乐业，很快就为韦峰灵的孩子申请到了“雨露计划”助学金，也为他办理了惠农补贴。

在黄文秀的帮扶下，韦峰灵种植的砂糖橘、枇杷、八角等果木获得了大丰收，顺利实现了脱贫。

此后，黄文秀又帮助韦峰灵享受到了烟叶种植计划的惠农政策。2019年，在烟草公司的支持下，韦峰灵把烟叶由2018年的12亩扩大到20亩，年收入5万元以上。

“韦大哥，虽然你家靠发展农业种植脱了贫，但我还要‘跟踪’你两年，不能让你返贫。”如今，一想起黄文秀对自己说的话，韦峰灵心里就特别难受：“在文秀书记的心里，百坭就是她的家，百坭村民就是她的亲人。”

韦峰灵的手机里，至今还保存着一条短信：6月25日16时36分，2019年“雨露计划”助学资金3000元到账。

“没有文秀书记，就没有这笔钱。钱来了，她却走了……”每次看到这条短信，韦峰灵就止不住泪流满面……

32. 春风十里“三月三”

2019年春天，壮族最盛大的节日“三月三”到了。

百坭三月，丽日彤彤，春风习习，绿野如茵，碧水澄澈，云白天蓝。

百坭虽然贫穷，但壮族文化源远流长，深深沉淀在村村屯屯的庭院里，也灿烂绽放在传统节日中。

农历三月初三，传说是壮族始祖布洛陀的诞辰日。这一天，壮族民众都要载歌载舞祭拜布洛陀始祖和自己家族的先人。

“三月三”既是载歌载舞的节日，也是美食的盛会。

“三月三”前一天，在百坭的广场上，早早就搭好了布棚，一字摆开的十几张长桌，等待着一场盛大的歌舞宴会。

“三月三”一大早，身着民族盛装的村民，扶老携幼，带着自家制作的美食，喜气洋洋从四面八方会聚到广场。五彩米饭、油煎香粑、竹筒煨饭、白切腊肉、酸糟魔芋、蕉叶烤鱼、炒田螺、猪红肠、煎豆腐等壮族特色美食，把十几张长桌摆得满满当当，馥郁飘香，令人垂涎。当然，长桌宴上更少不了一坛坛馥郁香醇的玉米酒。

这天，黄文秀特意换上一身民族盛装，笑盈盈地出现在歌会现场。

这是她驻村百坭后第一次穿上如此漂亮的民族服装：缀满银质饰品的帽子上，高高扬起两弯牛角状银片；上穿偏襟小衫，下着华丽长裙，腰系绣满祥云和花卉图案的壮锦围裙，身上挂满各样银饰，色彩斑斓，光彩夺目。

一个小伙子高声喊道：“大家看哪，我们文秀书记好漂亮啊！”

“好漂亮啊——”人群里响起一片欢呼声！

黄文秀高举双臂，兴高采烈地说道："乡亲们，今天是百坭人的节日，首先我要祝大家节日快乐，更要感谢百坭村父老乡亲一年来对我工作的理解和支持。百坭村在脱贫攻坚的路上，取得了很大成绩，我们的生活开始好了起来。我相信，通过我们的共同努力，百坭的明天一定会更加美好！乡亲们，请大家一起举起酒杯，为百坭的富裕幸福干杯！"

酒香四溢，欢声如潮，歌会开始了，广场顿时变成了欢乐的海洋……

欢快的脚步，灵动的腰身，伴着"啪啪"作响的节奏，"竹竿舞"跳得翩跹多姿。

在"咚咚锵锵"的锣鼓声中，人们走起了"板鞋"，步调一致，节奏整齐，身摇肢摆，险象环生，风趣诙谐，引得人们开怀大笑。

孩子们欢快地打起了陀螺，红扑扑的脸蛋绽成了花儿朵朵。

老人们品尝着美酒，咀嚼着美食，脸上每一条皱纹都被幸福溢满。

最为激情欢畅的，当属那些朝气蓬勃的青年人。

他们亮起歌喉，相对而唱，此起彼落，互不相让。这种打擂台式的对歌，或单对单，或组对组，歌词都是脱口而出，即兴"爆肚"，以难倒对方为胜，戏谑诙谐之词，逗得人们前仰后合，大笑不止。

"三月三"歌会，也是青年男女交友的好时机。对歌，成了牵起男女青年爱慕之心的红线。

酒酣耳热之际，激情澎湃时分，青年人成群结队涌向山坡、旷野、竹林、河边，即兴对唱，相互盘答，歌声此起彼伏，充满迷人音韵，传递着心中的爱意深情。

……

夕阳在百爱山顶上挂起一盏橘红的灯笼，五彩云霞铺展在天空之上，弯弯的谐里河欢快地流淌着，百坭大地新的春天已经到来……

黄文秀来百坭担任第一书记之后，远方的同学和朋友对她大山深处的生活充满好奇。

每当听到他们好奇的询问，黄文秀的脑海里就会闪现出NBA著名球星科比的那句反问："你知道洛杉矶每天凌晨4点是什么样子吗？"

黄文秀如此了解篮球巨星科比，源于她的父亲。

黄忠杰在年轻时非常喜欢打篮球，上年纪后打不动了，但还是一个篮球迷，经常坐在电视机前看篮球比赛。

一次，父亲和秀儿聊起了NBA，聊到了他喜欢的球星科比，聊得眉飞色舞、头头是道，这让她非常惊讶："没想到父亲是个资深球迷呢！"

受到父亲的影响，黄文秀开始关注篮球巨星科比，对科比和记者的一段对话记忆尤深——

记者问科比："你为什么能如此成功呢？"

科比反问道："你知道洛杉矶每天凌晨4点是什么样子吗？"

记者摇摇头："不知道，那你说说洛杉矶每天早上4点究竟什么样儿？"

科比挠挠头，说："繁星满天，灯光寥落，行人很少。"

说到这里科比笑了："究竟怎么样，我也不太清楚。但这没有关系，你说是吗？每天早上4点洛杉矶还在沉睡中，我就行走在黑暗的洛杉矶街道上了。一天过去了，洛杉矶的黑暗没有丝毫改变；两天过去了，黑暗依然没有半点改变；十多年过去了，洛杉矶街道早上4点的黑暗仍然没有改变，但我却变成了肌肉强健，有体能、有力量，有着很高投篮命中率的运动员。"

“你知道洛杉矶每天凌晨4点是什么样子吗？”这句话不断激励着黄文秀。

她说：“成功是需要付出努力的，虽然我不是天天都能看到百坭村凌晨4点的样子，但我每天都不会偷懒，我会早早起来迎接每一天的朝阳。”

第八章

8

『最亲是咱黄书记！』

●通屯路硬化好了，村民们欢呼雀跃，笑声满山；

●桥修好那天，老人背着小孙子在桥上一边走一边念叨：“修路架桥第一功啊！”

●望着远去的黄文秀，大嫂擦着眼泪自言自语：“秀儿心善，是个好姑娘……”

●黄文秀不幸遇难，老人在屋里哭了三天：“如果允许，我要给秀儿上三炷香！”

●暮色降临，班龙排拢抱一怀稻穗，泪水扑扑簌簌滴落在茎叶上；

●“百坭有个好闺女，最亲是咱黄书记……”韦盛绳长歌当哭，热泪滚滚……

33.修路架桥第一功

百坭有句俗话说：“长大的牛儿出不了山。”

这里山崖壁立，道路崎岖，阻挡着村民的出行，挡住了来去的车轮，也挡住了走向富裕的脚步。

百坭村11个自然屯，不是坐落在山顶上，就是蜷曲在山沟里。

虽说前些年曾经修了几条通屯的砂石路，但坎坷不平，车辆难行。尤其是到了雨季，路面被雨水冲刷得坑坑洼洼，泥泞不堪，别说汽车，就连摩托车也难以通过。如果遇到泥石流和滑坡，村民的出行就更加艰难，有时候骑出去的摩托车都回不了屯，只好扔在半路，一扔就是四五天。

更紧要的是，百坭村稍好一点的田地、果园以及主要产业，大多集中在山上。上山的道路，既是出行路，又是产业路。山路坎坷狭窄，村里的农副产品运不出去，外面的商品、物资也运不进来，农业产业难以发展，因而加重了贫困。

修建宽敞、平坦的产业路，是百坭人的梦想。

在入户走访中，村民向黄文秀反映最集中、最急迫的问题，首先就是道路硬化。

那天，黄文秀走访到了果树种植大户班统茂家，他脸色沉重地说：“百坭的路不好走，客商进不来，果子也运不出去。虽说过去缺技术、缺资金、管护差，果子收成少，但就这不多的果子，也是运不出去，要烂掉很多，我们看着干着急，但也没办法。种果树几乎没收入，村民都失去了信心，果园只好撂荒。”

“要想富，先修路，看来真是这样。”黄文秀定下决心，从修路着手，以此作为脱贫攻坚的突破口。

黄文秀带着村干部天天往屯里跑，画出了详细的地形图，精确到每块农田、每个果园的位置。她和“两委”干部熬了几个晚上，拿出了通屯路硬化方案。

全村需要硬化的几条产业路，共有22公里长。按照4.5米宽的标准，需要几百万资金。哪有这么多钱呢？

她和村“两委”努力向上级争取资金，并决定：先急后缓，分条分段，逐步修建。

即使能争取来资金，道路也不是三天两天就能修好的。眼看着就到了果子收获季节，如果今年再运不出去，果农又要受损失。

那用屯的果树种植户最多，但通屯路工程大、工期长，根本无法在砂糖橘成熟之前完工。

眼看着枝头的果子一天天膨大，黄文秀着急上火，嘴角生泡：如何尽快解决这个难题呢？

经过和村干部协商，他们决定：组织村民，自己动手，对破损路面先行抢修，作为应急之用。

村民们动员起来了，男女老少齐上阵，铁锹镐头轮番挖，壮劳力吃住在工地，老人和孩子箪食壶浆搞服务，黄文秀和村干部们更是披挂上阵，挥汗如雨……

乐业县交通局也派来了几台挖掘机、推土机协助，终于赶在砂糖橘采摘之前抢修好了道路，解了果子外运的燃眉之急。

后来，又经过一番艰苦努力，几条产业路先后都实现了硬化，原来“晴天灰尘漫天，雨天黄泥满身”的“百泥”路，变成了宽敞平坦的硬化路、致富路。

最后一条道路硬化好的那一天，村民们把黄文秀围在中间，载歌载舞，欢呼雀跃，笑声满山。

如今，沿着百果屯往山里走，硬化路已通向了最偏远的几个屯，距离村部30多里远的长沙屯也能开进汽车了。

到了果子成熟的季节，黄澄澄、红艳艳的果子们，坐在一辆辆风驰电掣的汽车上，兴高采烈地跑出大山，跑向远方广阔的市场……

百坭虽贫困，但百姓很勤劳。村民下田劳动，常常披星戴月。太阳落山，夜色降临，村民方才荷锄而归。

百坭村还有几个屯没装路灯，一到夜晚都是黑乎乎一片。村民夜间回家，磕磕绊绊，常常扭了脚、碰了腿，就连孩子们早起晚归上学，也十分不便，有的孩子只好举着蜡烛，甚至挑着小橘灯。

让街道亮起来，是村民们长久的期盼。

黄文秀知道这事后，就又操上了心。

“要想办法，尽快给这几个屯装上路灯。”她在村“两委”会上提出了这个项目。

“两委”会做出决定：路灯要尽快安装，并且还要装成太阳能的，因为太阳能路灯既能为群众节省电费，又不容易出现线路故障。

于是，在百坭通向镇里、县里的路上，又出现了黄文秀匆匆奔走的身影。

黄文秀愿意为百坭百姓跑这样的路，每次都是兴致勃勃地前行，即使碰了钉子，她也不灰心，第二天、第三天，她又上了路……

资金终于申请了下来，她和村干部们一起联系施工队，丈量灯杆距离，忙前忙后，那些天忙得连饭也顾不上吃。

为了选购质量好、价格低的路灯，黄文秀跑遍了县城大大小小的灯具店，还几次跑到百色去选购。为百姓办事，她身上总是有使不完的劲儿。

不久，两个屯的47盏路灯装好了。

夜幕降临，亭亭玉立的路灯睁开了明亮的眼睛，把各屯的街道照得亮亮堂堂。

从农田踏着夜色归来，村民们肩扛锄头，笑逐颜开。

黄文秀远远地看着这幅情景，竟然悄悄流下泪来。

她也说不清楚，每当给百坭群众办成一件好事，自己咋就这么激动呢？

水是生命之源，若没水喝那就要命。

百坭村几个坐落在山上的屯子，极其缺水。村民们的生活用水，全靠几个蓄水池维持。

蓄水池，命根子！

可是，有几个屯偏偏蓄水池出了问题。

百果、那赖、长沙、百布四个屯的蓄水池建了多年，池体老化，池水渗漏，经常干涸，水不够用。每到做饭的时候，屯里的女人们就都成了“盼水妈”。

在驻村日记里，黄文秀曾经写下“蓄水池，要重建；事关重大，必须抓紧”这样急迫的内容。

从2018年8月开始，黄文秀带着修建蓄水池的方案，开始一趟趟往县水利部门跑。

经过一番努力，4座大容量的蓄水池终于建好了。

当一盆盆一碗碗清洌甘甜的水面上晃动出村民们的笑脸时，黄文秀笑得比谁都开心……

山上的屯子有缺水之虞，山下的屯子却有临水之困。

那用屯有10户人家，房屋都建在小河对面的堤坝上。村民外出、下田劳动、孩子上学，都要跨过一条小河。由于缺资金，河上一直没能修建一座牢固的桥。

平时过河，村民们就用绳子吊起几根木杆，架在两岸，权当桥用。但到了雨季，河水上涨，木杆不是被水淹没，就是被水冲走，人们常常“望河兴叹”。

那天，黄文秀看到一个老人背着小孙子过河，摇摇晃晃走在木杆上，非常危险。她急忙跑过去，接过孩子背在自己身上，搀扶老人过了河。

看着远去的祖孙二人，她在河边连连叹息，伫立了很久。

一天，黄文秀带着从县里请来的农业技术员，到那用屯去给果农班统茂指导果树管理。

头天夜里刚下过雨，河水大涨，架在河上的几根木杆被冲得无影无踪，他们过不了河，班统茂在对岸也过不来。

无奈，双方只能隔着河，“喊”了一堂果树管护课……

第二天在“两委”会上，黄文秀提出：“无论如何也要给村民修一座牢固的桥。”

她向镇里和县里打报告，申请了一部分资金，然后又发动群众出工出力，终于修起了那用屯有史以来第一座真正的桥。

桥虽不大，但很坚固，村民们再也不用战战兢兢地踩着木杆过河了。

桥修好那天，那位老人又背着小孙子来了。

老人来来回回在桥上走着，一边走一边念叨："老话说，修路架桥第一功啊！"

34."我要给秀儿上三炷香！"

自从来到百坭，只要时间允许，黄文秀总会早早起床，在晨雾氤氲的霞光里登上百坭山头，深情眺望这个静静的小山村。她想从一次次的眺望中，解读贫瘠而又美丽的百坭，找到帮助小山村走出贫困的那条道路。

她喜欢百坭的早晨，经常就山村和城市的不同之处去和同学、朋友分享。

山村和城市的早晨是不一样的。城市的早晨是从铿锵急促的节奏开始的，东方微曦，大街上早已人流如潮，车来车往。

记得刚到北京读书时，家里人就好奇地问她："北京的早晨是怎样的？升国旗是怎样的？"

"北京的早晨是伴随着升国旗而到来的，庄严的气氛、神圣的仪式、铿锵有力的脚步、激昂嘹亮的国歌，这就是一个大国首都具有的气派！每天早晨，北京都会向全世界展示伟大祖国的形象和尊严。"当时她这样告诉家里人。

她还记得父亲第一次来到首都，来到天安门广场，很感慨地说："北京这么大的地方，这么多的人，这么宽的街，这么多的车，这么好的环境，不知多少人在精心地维护着，真是大得走不到头。哪像在村里，走几步就没路了！"

那次，她被父亲的话逗乐了。

站在百坭山上，黄文秀还是非常怀念在北京读研究生的学习时光。

假如不回家乡，也许她现在就是一个优雅的白领，在北京的某个高楼大厦里上班，过着和在百坭村完全不同的生活。

也有同学、闺蜜、朋友问她：有了高学历，见了大世面，却告别了繁华的都市，来到这么偏远贫瘠的山村吃苦受累，后悔当初的选择吗？

黄文秀总是微笑作答：“每天都过得很充实，哪来的后悔！”

这天，东方刚泛出鱼肚白，在林间初起的鸟鸣声中，她迎着山野凉凉的、香香的微风，背着一个竹篓登上山岗。

“东方欲晓，莫道君行早。踏遍青山人未老，风景这边独好……”黄文秀不由得朗诵起这首词来。

黄文秀发现，在百坭的群山峰峦里，起得最早的不是她，起得最早的是那些采茶、种菜、饲喂猪鸭鱼鹅的人们。他们每天从晨曦中爬起来，挑粪担水到田里，养护菜地，采摘新鲜蔬菜，然后再挑出去卖给外面的人。等到中午时分，太阳晒到头顶，他们才会回家。

清明前后，正值春茶采摘时节。

朝霞灿烂，旭日初起，云雾缭绕，茶树的叶片上挂满了晶莹的露珠，一位大嫂正在采摘嫩绿的叶芽。

黄文秀走上前，一边帮助大嫂采茶，一边聊着今年茶叶的采摘、加工、销售和收入情况。

站在茶树丛中，黄文秀感到神清气爽，她掏出手机，拍了几张照片，欣喜地发了一个朋友圈：“偶遇上山采茶的嫂子，和她体验了采茶的晨间时光。对面山那边桥下养鱼的黄哥音响很棒，在这边也能听到他播放着李玟的《美丽的笨女人》。林间小鸟的欢唱，桥下的鸡、鸭、鹅以及猪一起喊着，百坭村的一天就这样开始了。”

很快，好友们纷纷为她点赞，并留言说：

“第一眼读到这些你在山村的信息时，感觉你的山村太美了！着实惊叹！”

“淡淡几笔勾勒出的百坭村，俨然一幅水墨画卷，清幽隽永。”

“除了对百坭那片土地的爱，还有什么力量能够让字里行间的诗、画、心、趣共振起来呢?”

“每字每句，你都写得那么纯美，感受到你对百坭村真的是发自内心的喜爱啊!”

热切的关注、赞美和激励，让黄文秀心里暖暖的，她回复道：“不论在大城市，还是在小山村，美好的早晨，都是从心里开始的!”随文发了一个调皮的表情，以表示对大家的感谢。

告别了采茶的大嫂，黄文秀背着竹篓继续向前走。翻过一道山岗，遇见了那羊屯的罗大嫂，她正在林间弯腰低头寻觅着什么。

罗大嫂的丈夫已经病故，自己带着5个孩子过日子。孩子们都在读书，家境十分困难，是建档立卡贫困户。

此前，黄文秀已经帮她符合条件的孩子申请了“雨露计划”助学金，但大嫂一家的日常生活还是捉襟见肘。

种田之余，大嫂就爬山崖、钻树林，寻找采摘一些野灵芝和菌菇之类的山货，换点儿零钱补贴家用。

“大嫂，您早啊!”黄文秀上前和罗大嫂打招呼。

“你也早啊，文秀妹妹。”罗大嫂直起身说道。

看见大嫂手里捏着几片碎灵芝，黄文秀就说：“大嫂，我正在找灵芝配药呢，你这灵芝我要了。”随即，从口袋里掏出仅有的80元钱，递给罗大嫂。

罗大嫂连忙推着黄文秀的手：“妹妹，这几片碎灵芝，不值这么多钱。”

“大嫂，钱不多，您就收下吧。”黄文秀硬是把钱塞进了罗大嫂的口袋，又叮嘱她，“爬山过坎，一定要注意安全。”

说罢，黄文秀又向前方的茶园走去。

望着远去的黄文秀，罗大嫂擦着眼泪自言自语：“秀儿心善，是个好姑娘……”

一天中午，黄文秀从镇里开车回来，途中看见一位老奶奶站在路中间发呆。

路上不时有汽车驶过，甚是危险。

她立刻停下车，把老人搀扶到路边，问道：“奶奶，您这是要往哪儿去啊？”

老人目光呆滞，若有所思，看着她，没说话。

黄文秀仔细端详着老人的脸，猛然记起，在下屯走访时，好像在百果屯见过这位老人，于是就把老人扶上了自己的车。

太阳已经偏西，黄文秀心想，老人肯定还没吃午饭，于是就到小卖部给老人买吃的。

正在这时，村民黄金清慌慌张张跑了过来。

原来，老人是黄金清的母亲，90多岁了，平时神志不清，经常在屯子周围转悠。今天，黄金清和妻子下田劳动，家里没人照看，老人外出走得太远，找不到回家的路了，多亏文秀书记把老人送了回来。

黄文秀开车把老人送到了家门口。老人一脚迈进门槛，却又转回身，颤颤巍巍走到黄文秀跟前，伸手拉住她的胳膊，慈祥地看着她的脸，喃喃着笑了……

村委会对面，是80岁的壮族老伯蒙水健的家。

蒙老伯曾经是贫困户，在黄文秀的扶持下，一家人种上了茶叶、茶油果，收入颇丰。农闲时，儿子、儿媳外出打零工，也赚来不少收入，早早摘下了贫困的帽子。

蒙老伯回忆说：“过去，文秀书记隔三差五就会来我们家，告诉我新农合政策，帮我们办医保。我生病了，她又来告诉我们可以报销、怎么报销……”

说话间，蒙老伯的目光不时望向对面的村部办公楼，那是文秀书记住的地方。老人家心里总是念着文秀书记的好：“她对我们村的老人最好，也是个勤快踏实、不娇气的好姑娘。”

在村部前的小广场上，人们经常看见黄文秀搀着一位老奶奶散步。

老人是村里双目失明的黄南妈，快80岁了，经常探着木棍，摸索着到小广场坐坐。

黄南妈35岁时丈夫去世，留下5个孩子，老大11岁，最小的才两岁。她守寡几十年，泪水和着汗水把孩子拉扯大，自己的眼睛却再也看不清儿孙们的脸庞。

这些年，黄南妈一直和小儿子住。儿子有时出门打工，她就自己摸索着做饭洗衣。

寂寞的时候，黄奶奶就会轻轻唱起山歌来：

树上果累累，
果熟带蒂落；
竹竿捅果下，
拾果放兜箩。
打果要真心，
要站稳脚跟；
切莫分心打，
分心打不落。
……

“奶奶，您唱得真好听！”那天，黄文秀来到老人家里，坐在了她的身边。

黄奶奶赶紧拉住黄文秀的手：“秀儿啊，奶奶正想你哪。”

自从认识了秀儿，黄奶奶就经常念着她。每到傍晚，黄奶奶就会倚着门，静静谛听门前大街上来来往往的脚步声。

“奶奶，我来了。”秀儿上前拉住老人的手，这是黄奶奶最开心的时刻。

如果哪天老人的小儿子外出打工，黄文秀就惦记着给老人做饭。

逢年过节，她总是带上一些好吃的，到老人家里来看望。

黄奶奶经常对人说：“秀儿就像我的亲孙女，一天听不见秀儿说话，我这心里就空落落的。”

听到秀儿遇难的消息后，老人坐在屋里哭了三天，从此就再也不去小广场了。

百坭当地，有长者不能给年轻逝者上香的习俗。

“如果允许，我要给秀儿上三炷香！”说罢，黄奶奶掩面抽泣，泪水从指缝滴落胸前……

35.“她就是我的亲人！”

班龙排，家住百布屯，四十多岁，一条腿天生发育不全，导致萎缩，行动不便；妻子患有面瘫，红肿过敏，常年打针吃药，要花不少钱；老母亲年事已高，两个孩子正在读中学。全家就靠种着几亩烟叶维持生活，入不敷出，极为困难。

那天，黄文秀走进了班龙排的家门。

院子里的三间平房，是几年前东借西凑才建起来的，连门窗都没有安装。屋里也没有像样的家具，一些杂物横七竖八地堆在地上。

看到眼前这幅情景，黄文秀不禁心生酸楚。没顾得和班龙排说话，就帮他收拾起屋子。直到把屋子拾掇妥当，黄文秀才擦着脸上的汗水，坐在院里和班龙排说起话来。

身体残障，生活重压，让本就性格内向的班龙排更加寡言少语。

黄文秀亲切地对他说：“班大哥，我知道你身体不好，家里负担重，有很多难处。但越是这样，越要鼓起劲来，不能气馁，要想办法跟上大家脱贫致富的步子，样样不能落后。今后你有什么难事就对我说，我们一起想办法解决。”

看着变得整齐的屋子，再看看亲切和蔼的黄文秀，班龙排搓着双手，嘴角嗫嚅，不知道该说什么，只觉得心里暖暖的。

由于家里兄弟多，在分家时班龙排只分到15亩山地。他种下了10亩杉木，要到十几年后才能成材；另外5亩山地，种上了油茶苗，至今还没到盛产期；收益稍好的，是早先那1亩多水田，他种了一些烟叶和稻谷，勉强维持一家人吃饭。

经过仔细沟通，黄文秀给班龙排设计了脱贫路径：首先继续把油茶、烟叶和稻谷种好；在此基础上，马上扩大烟叶种植规模，这个项目“短平快”，也适合班龙排的身体现状。

黄文秀帮助班龙排申请了产业发展项目补贴和小额信用贷款，租了外出务工村民的20亩农田，一半种烟叶，一半种稻谷。

她又请来技术员，给班龙排讲解烟叶种植技术，还发动村里其他烟叶种植户一起帮助班龙排。

经过一番努力，班龙排扩种的10亩烟叶长得绿油油、壮实实，看着就让人高兴。

班龙排的两个孩子，女儿将要升高中，儿子在读初三。黄文秀帮他们办理了教育扶贫补贴，还买来书包、文具和课外读物，鼓励他们好好读书。

两个孩子非常懂事，每次见到文秀姑姑到家来，是他们最开心的时刻。给文秀姑姑问好之后，转眼就跑到厨房去了，他们要亲手给文秀姑姑煮饭、做菜。

“我还有事情，这次就不吃你们做的饭菜了，好吗？”黄文秀不忍心让他们破费，说着就要离开。

两个孩子急忙上前拉住她的手：“阿姑，这不是买的，就是家里现成的饭菜，我们亲手做的，阿姑一定要吃一些。”说罢，泪水在眼眶里打转。

黄文秀把两个孩子紧紧拥到胸前，动情地说；“好孩子，阿姑不走了，好好吃一顿你们做的饭菜。”

两个孩子破涕为笑，跑进了厨房……

班龙排和妻子去田里忙碌农活，有时候顾不上回家，黄文秀就给他老母亲送来吃的，帮他照顾老人，让他集中心思种好烟叶。

一有时间，黄文秀就往班龙排的烟田里跑，帮他治虫、锄草、施肥，对他的帮扶格外用心，让他更加坚定了种好烟叶、增收脱贫的信心。

秋天到了，烟叶收获到家，黄文秀又及时帮助班龙排晾晒烟叶，精心烘烤，想方设法让他卖个好价钱。

生活有了奔头儿，家里有了希望，寡言少语的班龙排渐渐变得有话了，他时常对街坊邻居说：“文秀书记是个好人，她就是我的亲人。”

在黄文秀的帮扶下，2019年班龙排仅卖烟叶就赚了3万多元。种植的10亩水稻，也金灿灿、沉甸甸，每一株稻穗上都闪烁着脱贫致富的希望。

初秋时节，站在田间，班龙排既高兴，又悲伤。高兴的是，今年的烟叶已获丰收，稻谷也丰收在望；悲伤的是，文秀书记却分享不到他脱贫的喜悦了。

暮色降临，夕阳落山，班龙排在田埂上默默蹲下来，拢抱一怀稻穗，泪水扑扑簌簌滴落了下来……

36. “真的好想她!”

2017年，村民黄美线的丈夫因患癌症去世了，仅医药费就花了10多万元。

背上沉重的债务，一家人的生活顿时跌入谷底，成了典型的因病致贫户。她被压得喘不过气来，精神遭受沉重打击，常常以泪洗面。

黄美线的家和村部办公楼仅有一墙之隔。黄文秀来到百坭后，不时在村部前看见这个神情忧郁的女人。

经过打听，黄文秀知道了黄美线家里的状况，对她产生了深深的同情。

村部住进一个城里来的年轻姑娘，也引起了黄美线的注意。后来听说这个姑娘是新来的驻村第一书记，她就在心里想：“一个年轻女孩子，来到这穷巴巴的山村工作，不知道是怎么想的？估计干不了多久就会走了。”

一天晚饭后，黄美线正坐在屋里发呆，忽然听见有人敲门。

开门后，黄美线看见是那个新来的第一书记，不禁有些惊讶：“你这是……”

“阿姐，吃过饭了吗？我来看看你。”黄文秀亲切地说。

“看我？”黄美线心里有些纳闷，但还是赶紧把黄文秀让进了屋里。

黄文秀挨着黄美线在床边坐下，然后拉起她的手说：“阿姐，我是新来的驻村干部，你家的情况我都听说了。人这一辈子难免遇到这事那事的，你不能总是伤心，还有孩子呢，要抬起头来，日子还得过下去啊。阿姐，你家有困难，就跟我说，我们一起想办法，肯定能迈过这道坎儿。”

自从丈夫去世后，黄美线身边第一次坐了个这么贴心的妹妹，她紧紧拉着黄文秀的手，对她倾诉了心里的苦，生活的难。

那天晚上，黄文秀陪着黄美线一直说到深夜。

与村“两委”讨论了黄美线的情况后，黄文秀为她争取了5万元扶贫贷款，帮着她在村部前开了一间小卖部，名字是黄文秀取的，叫“惠农便利店”。

此后，黄文秀自己所有的生活用品，只要惠农便利店有的，全都在这里买。她还对驻村队员和村干部们说，今后买东西，要多往黄美线的小卖部去。

黄美线的儿子叫罗向诚，1992年出生，曾经在广西电子技工学校读书，学的是汽车维修。毕业后，他先在柳州实习了一阵子，后来在南宁的私人汽修店打工，但离家太远，也挣不了多少钱。

2016年，罗向诚结婚后，为了离家近些，他就回到了乐业县城，在一家汽修店继续打工，收入也不多。

自从父亲查出癌症后，罗向诚就回到了百布屯，一边伺候父亲，同时帮着母亲种田。

父亲去世后，罗向诚本想再到外地去闯荡，多挣些钱，也好尽快还上外债。可是，到哪里去呢？罗向诚一时也没有主意，心里很犯难。

2018年6月的一天，黄文秀来到罗向诚家，抱起他未满周岁的孩子亲了亲，就站在院子里和他说话：“小老弟，还去乐业的汽修店吗？”

“阿姐，我不想去县城了，想到外地去闯闯，但不知道去哪里，做点啥。”

“没想过在家乡创业吗？”

“在家乡创业好是好，但在村里搞汽修肯定不行，其他的我也不知道还能做什么。”

“你还有没有别的手艺？我可是听说，你父亲有很棒的榨油手艺呢。”

黄文秀这句话，一下子提醒了罗向诚：“对啊，榨油我是门里出身。可在百坭村，搞榨油行吗？”

听见罗向诚真有榨油手艺，黄文秀眼前一亮：“小老弟，从今年起，咱们百坭就要大力发展油茶种植了，家家收获了油茶籽，都要榨油啊，这不正是你的一个好商机吗？”

罗向诚一拍双手说：“是啊，只要有了油茶籽，我的手艺就大有用武之地了！”

听到院子里两个人说得热闹，黄美线从屋里走了出来：“阿妹，向诚的事又要让你费心了。”她从黄文秀手里接过小孙子，回头对罗向诚说：“儿子，听你文秀阿姑的话，一准儿没错儿！”

罗向诚说：“妈，我都是喊文秀阿姐呢，怎么变成阿姑了？”

黄美线把脸一沉，说：“你这孩子，文秀喊我阿姐，你小一辈再喊文秀阿姐，那不乱了辈分了？不行，就得喊文秀阿姑！”

黄文秀笑着说：“阿姐，向诚都有孩子了，要是再喊我阿姑，那我得多老了啊？还是各论各的吧。”

“哦，也好，我们得各论各的，向诚就喊你阿姐吧。”说罢，黄美线开心地笑了起来。

黄文秀和罗向诚商定：办一个农产品加工厂，既榨油，也碾米。在油茶籽还没收获之前，先把碾米机安起来。

季节不等人，说干就干。

黄文秀先是帮助罗向诚申请了5万小额扶贫贷款，后来又协助他从农行贷了20万，随后就带着他去百色市农机店买了一台榨油机，并从广东湛江进了一套大型碾米机，8月份就建起了厂房。

很快就到了秋天，稻谷收获之后，罗向诚的碾米机开始轰轰隆隆地“唱”了起来。

春节前后，家家户户都要榨茶油，罗向诚的设备新，出油率高，质量好，速度也快，榨油生意大火了一阵子，不到两个月时间，他就赚了近六万元。

此后，黄文秀一直关心着罗向诚的榨油厂，并给他出点子：“你要榨出放心油、健康油，我来帮你推销。我们可以试着走电商的路子，如果让全国各地的人都能吃上你的好茶油，你的生意就会越来越好。”

每当提起黄文秀，罗向诚总是发自内心地说：“文秀阿姐说的每句话，办的每件事，都让我感到很真心，很暖心。”

后来，黄文秀又帮着黄美线把惠农便利店从原来的不到10平方米，扩大到了30平方米，每月能赚两三千元。

黄美线家里的山坡地，黄文秀还帮着种上了砂糖橘，这又多了一个经济来源。

每天早上六点钟，黄美线在便利店开门时，总能看见文秀已经在打扫村部的卫生了。只要文秀在村部，她每天都用自己的笑脸，迎接着前来办事的村民。

晚上九点多，当黄美线便利店关门时，文秀常常下屯还没有回来。很多个晚上，黄美线半夜起来，看见文秀办公室的灯光还是通亮，就知道她还在为百坭村的事情熬夜操心。

黄美线经常在心里念叨：“文秀真是把百坭当成自己的家了。”

“有时候晚上回到家，看着村部的灯关着，还会想到文秀阿姐可能到镇上办事去了，可回过神来才想起，阿姐已经离开我们一年了。”从当初的贫困户变成如今村里的致富带头人，罗向诚十分怀念文秀阿姐。“阿姐帮我解决油茶种植管护难题，还帮我申请贷款办起碾米厂、榨油坊。杨杰兴书记接力打品牌，村里的土特产在市面上很受欢迎，我卖山茶油的收入，两年翻了五六倍。可是，这一切阿姐都看不到了……”说着，罗向诚抹起了眼泪。

自从开了便利店，建了农产品加工厂，黄美线一家的日子一天天好了起来，成了村里较早脱贫的农户，她从心里把文秀当成了自己的亲人、恩人。

黄美线总想请文秀妹妹吃顿饭，可文秀每天忙碌，一直没这个机会。于是，黄美线就天天等着，等文秀妹妹哪天能闲一下，了却自己的这个心愿。

万万没有想到，等来的却是一个晴天霹雳！黄美线惊得浑身发抖，泪如雨下。

“我有什么事秀儿都帮我，她帮我们家办了那么多事，我连一顿饭都没有让她吃成。”黄美线擦着眼泪说，“我家脱贫了，她却不在了。多好的妹妹，真的好想她啊！”

如今，黄美线的手机里一直保存着秀儿的相片和视频，每当想念她的时候，就拿出来一遍又一遍地看啊看，直看到泪眼蒙眬，直看到秀儿的笑脸在泪光里晶晶闪闪……

37.壮歌大王

那天，黄文秀来到百干屯，查看村容村貌整治情况。

在屯子的广场上，有家村民正在举办结婚喜宴。不知谁高喊了一声：“文秀书记来了，欢迎欢迎！”顿时，众人起立鼓掌！

这时，一位身着壮族盛装的大叔，手捧青翠竹筒酒杯，兴冲冲来到黄文秀面前，放声唱了起来：

客人来到家门口喂，敬上三杯迎客酒。

米酒香醇山歌唱，贝侬哎，壮家情义捧呀捧在手。

油茶三棵不榨油，好酒三杯不够喝。
打开酒坛见到底，贝侬哎，交杯交心是朋友。
山歌出口不能收咧，杯中有酒不能留。
酒满敬客莫先喝，贝侬哎，一点一滴也呀也不留……

黄文秀听出来了，这是壮族的《敬酒歌》。她按照壮族礼仪，恭敬地双手接过酒杯，喝下了这杯香醇的米酒。

这位唱歌敬酒的大叔名叫韦盛绳，是远近闻名的山歌高手。韦大叔邀请黄文秀入席，她欣然参加了这场不期而遇的壮家婚礼。

这时，男方和女方又开始了对唱。

男方一群小伙子唱道：

这个姑娘多漂亮，
勤劳能干又聪明啊。
娶来一个好媳妇，
我们全家有福气呀……

女方的姑娘们随即也用歌唱谦虚一番：

我家姑娘还不懂事啊，
来到你家要学习啊。
尊老爱幼记在心里，
和和美美过生活啊……

通过这场婚礼，黄文秀结识了韦盛绳。

韦盛绳年轻时唱壮族山歌就很有名。他尤其擅长在活动现场即兴编唱各种山歌，是百色市非物质文化遗产“乐业壮族古歌”的传承人，被誉为“壮歌大王”。

不久，黄文秀前去百干屯韦盛绳家，专门拜访了这位壮族歌者。

见到第一书记亲自登门，韦盛绳非常高兴，滔滔不绝地向黄文秀介绍了当地的壮族古歌：

百干屯坐落在百干山上，全屯50岁以上的中老年，人人都会唱几首壮族山歌。除了传统节日、喜庆集会唱山歌，平时在一些场合，遇到一些不好直说的话，他们也会通过唱歌来表情达意。

在比较盛大的民族节日，以及婚丧嫁娶等日子，壮家人都会摆几桌宴席，举行仪式，唱响山歌，以歌迎客，以歌敬酒，以歌述志，以歌传情，酒酣方休。

壮家的山歌没有任何形式的限制与要求，处处唱，随时唱，建新房时要唱，生孩子后要唱，喝酒时要唱，劳动时也要唱。他们高兴时唱，忧愁时唱，人多时唱，独处时唱，就是一个人在山野劳作或者走路，为了驱赶寂寞，也往往唱歌自乐。

壮族山歌，或对唱，或独唱，或合唱，此起彼伏，歌满壮乡，为贫困的生活平添一份温馨，为幸福的生活增添更多欢畅。

平日里，韦盛绳经常参加十里八乡村民家里的喜庆活动，唱寿歌、酒歌、盘古开天辟地歌、迎亲歌等等，自己也能获得一些报酬，每次能收入三五百元。

“我是从伯伯那里继承了‘乐业壮族古歌’的，我的姑妈和母亲也都能唱几百首山歌呢。”韦盛绳说着，一时兴起，开口就自编自唱起来：

清风吹过歌满坡，
清风吹过情满河。
风吹过山又过田，
人随清风来唱歌。

高兴得花儿都会笑，
歌声追着白云跑。
百垴脱贫有希望，
致富大路在前方……

“大叔，您这唱的是百垴脱贫攻坚歌！”黄文秀为他鼓掌点赞。

这次拜访后，每逢百垴村举办各种集会和庆典活动，黄文秀总是要请韦盛绳唱歌助阵。他带着壮歌队，走过一个个屯子，用歌声宣传扶贫攻坚，用歌声鼓舞村民勤劳致富，深受村民欢迎。

为了表彰和鼓励韦盛绳，黄文秀自掏腰包，给韦盛绳发了300元奖金。

韦盛绳心里感到很温暖，他说：“文秀书记这300元最珍贵，我要用最美的壮锦包起来，作为永远的纪念！”

2019年6月14日那天，黄文秀还给韦盛绳打了电话，让他准备一下材料，要为他申请自治区级“壮族古歌传承人”。

黄文秀对韦盛绳说：“韦大叔，我希望你的山歌，走出百色，走向全国。”

“没想到，这成了秀儿对我说的最后一句话。”韦盛绳两眼含泪。

百垴有个好闺女，
最亲是咱黄书记；
精准扶贫到农家，
一心为民人人夸；
扶贫路上未了愿，
百垴乡亲永怀念……

每当想起文秀书记，韦盛绳就会长歌当哭，热泪滚滚……

第九章

9

飘香的山野

●面对美丽的“百坭夏日图”，她心里被两个沉重的大字占满：贫穷；

●导致贫穷最关键的问题是没有特色产业，农民没有赚钱的路子；

●发展特色产业，让村民就地致富，这才是长远之计；

●大力推广砂糖橘种植，是个突破口；

●“示范户”选好了，“致富路”通了，砂糖橘笑了……

●那两坛醇香的玉米酒，仍在静静地酝酿着芳香，也在深深地怀念着为百坭酿造幸福的人……

38. 示范户选谁？

六月的百坭，处处生机盎然。

山上的灌木、乔木和各种果树枝繁叶茂，田里的庄稼正在茁壮生长，路边开满五颜六色的野花，谐里河水绕村奔腾远去，蓝天上白云流动、鸟儿翱翔……

黄文秀无心欣赏这幅美丽的“百坭夏日图”，她心里一直被两个沉重的大字占满：贫穷。

虽说山上的果树年年开花、结果，但却没有好收益，村民的口袋始终干干瘪瘪，鼓不起来。

“百坭太穷了。”黄文秀总是在心里念叨着，“亮丽的景色只是表象，而贫穷则是深浸到了骨子里。”

她走访贫困户、老党员、退休村干、退休教师、生产小组长，促膝挖根源，倾心探究竟，广采博纳，集思广益，最终找到了问题的症结：导致百坭村陷入贫穷最突出的问题是没有特色产业，农民没有稳定的赚钱路子。

脱贫攻坚，“坚”就在这里。

如何攻克这个“坚”，黄文秀心里也没太大的谱。

当时，村支书周昌战曾经忧心忡忡地问黄文秀：“我们百坭能按时整体脱贫吗？”

黄文秀望着远方，一脸沉思，心里也没多大把握。

她想起了一个人，乐业县扶贫办主任王世岳。

在县里参加驻村第一书记培训时，王世岳激情澎湃的扶贫攻坚演说，给黄文秀留下了深刻印象。

走进王世岳的办公室，黄文秀不禁一惊：“这分明就是一间‘作战室’啊！”桌上摊开文件表格，墙上一幅扶贫地图，门后挂着雨衣雨伞、衣服毛巾，窗下放着锅碗瓢盆，墙角堆着几箱方便面……各种应急物品，一应俱全，随时可以熬夜加班，随时可以风雨出发。还未交谈，黄文秀就感受到了一股强大的力量：“扶贫攻坚鏖战中，这是一员巾帼女将！”

“王主任，我是来求教的。”黄文秀恭恭敬敬地说道。

这次，黄文秀和王世岳交谈了很久……

“文秀这姑娘真是老百姓的贴心人，我几次去百坭村，都看到她和群众在一起。”王世岳的记忆中，有时，黄文秀在帮群众捡油茶果；有时，她乐呵呵地和老百姓一起扫地；还有一次，她正在看望病愈出院的村民……

经过一番求教和思考，黄文秀在日记中写道：“没有脱贫产业，就不能实现可持续发展。只有建立起稳定高效的特色产业，才能真正挖断穷根，让群众走上小康路。百坭村脱贫攻坚，最重要的是因地制宜，充分挖掘当地资源，建起符合本村实际的产业链，让村民就地致富，这才是长远之计。”

她和村“两委”多次开会，反复讨论，提出了脱贫攻坚思路：在初步解决了百坭村的道路、桥梁、路灯、蓄水池、渡槽等一些硬件设施后，下一步脱贫攻坚的“高地”，就是要发展稳定高效的特色产业。

黄文秀多方查阅资料后发现，百坭村无霜期长，降水丰富，在山地上适合种植砂糖橘、八角、枇杷、杉木、油茶树等经济林木，这比种植粮食作物经济效益要高得多。

通过走访和实地勘察，她了解到，虽然以前村里也种过这些果树林木，但每家都零零散散种了几亩，既没有形成规模化种植，也没有掌握科学的管理技术，所以果木经济一直没能发展起来，村里很多人失去了耐心，抛下果树出去打工，果木种植处于失败的边缘。

发展果木产业，是百坭村蕴藏着的一个优势。

要把优势变为“胜势”，重点要解决规模种植、科学种植、科学管理、打开市场等关键问题。

“要想致富，种好果木。”黄文秀在百坭村喊响了这个口号。

经过多方咨询，黄文秀和村“两委”决定，首先把种植砂糖橘作为突破口：

通过科学管护，让村民现有的砂糖橘实现丰产丰收；

扩大砂糖橘种植面积，形成规模效应，让更多村民走上产业致富道路；

疏通销售渠道，完成砂糖橘变钞票的“关键一跳”。

此前，百坭全村种有500多亩砂糖橘，仅那用屯就有300亩。但由于缺乏种植技术，很多果农的橘树都遭受了病虫害，树叶泛黄掉落；在修剪、施肥、浇水等关键环节，也做得很不到位。到了秋天，结出的果实大小不一，果肉含虫多，果农手足无措，渐渐失去了信心，于是对果园置之不理，一片片果树病恹恹地待在山坡上，无精打采，枝弱叶衰，像一群没人理的孩子。即使有一两家果农的砂糖橘长得较好，收获了不少果子，也由于缺少销路，卖不出去，丰产不丰收。

世上诸事，说易行难：扩大种植的资金哪里来？科学种植的技术哪里来？销售果子的渠道哪里来？

黄文秀又开始往镇里、县里甚至区外跑。她要拼尽全力，把这三个“？”拉直。

与此同时，她和村干部挨家挨户宣传发动，鼓励村民树立信心，恢复种植砂糖橘。

但宣传效果并不理想：过去种砂糖橘，很多果农都赔了钱，这次再种砂糖橘，村民们没有积极性。

怎么办？

黄文秀想了一个招数：选几个种植砂糖橘的带头人作为示范户，以点带面，先从一个屯做起，再把其他屯带动起来。

示范户先选谁呢？

黄文秀想到了在入户走访中结识的一位村民：班统茂。

班统茂，年近50，住在那用屯。他皮肤黝黑，身体壮实，从小就在屯里种地，也没有出外打过工。他种着100多亩旱地，10亩水田，30亩坡地，其他都是山地，种有砂糖橘、八角、杉木等经济林木，也种玉米、稻谷、木薯等农作物。

2014年，班统茂就种了30亩砂糖橘。

当时，上级号召发展砂糖橘，引进了这个品种，各屯很多果农都有种植。

此前，百坭村从未种过砂糖橘，村民们都没有经验。

班统茂也没有种植技术，但他爱动脑筋，摸索了一些种植方法。第一次摘果子，就收了2万斤，卖了6万元钱，除去树苗、浇水、施肥、打药等费用，赚的钱虽不多，但比种粮食作物强多了，也比其他果农收入好。

当时班统茂觉得，砂糖橘应该能成为一棵“摇钱树”。

他本想好好种，但后来又灰了心。因为仅靠自己琢磨，种植技术还是不行，产量、品质都提不上去。另外，屯里没有通向外面的公路，即使砂糖橘丰产了，路不通畅，客商进不来，自己也拉不出去，卖给谁呢？烂在地里，还不如不种。

就这样，他那一片砂糖橘林，尽管比其他果农的长势好，但他并不太上心操持。

黄文秀找到了班统茂。他听说又要发展砂糖橘种植，并且还要让他当示范户，班统茂把头摇得像个拨浪鼓："不行，不行。"

村部到那用屯全是烂泥路，黄文秀开车颠颠簸簸跑了一个小时，结果就得到了两个字：不行！

"黄书记，不是我驳你的面子，当砂糖橘示范户，我真的没这个技术，没这个能力呢。"

任凭黄文秀怎么说，班统茂就是不肯做这个示范户。

班统茂虽然嘴上说了一大堆"硬问题"，但其实他心里还有一个"软问题"没好意思说："你这个小姑娘，太年轻，真能把砂糖橘这个项目搞好？我有些不信。"

另外，当示范户也好，当致富带头人也罢，没有经济补助，还要花时间教别人种砂糖橘。而自己一直以来就是"石头打天，自己折腾"，凭着感觉来，并没真正掌握好砂糖橘的种植技术，班统茂担心自己带不好这个头。

尽管班统茂一再推辞，但黄文秀还是不放弃。她三番五次到班统茂家里，到他的果园里，真诚地对他说："班大哥，你扛起一面旗就行，其他问题都由我们来解决！如果因为我们的工作没跟上，让你赔了钱，我负责赔偿你的损失。"

班统茂在心里想："这个年纪轻轻的姑娘，还真有倔劲儿呢，看来她是真想让百坭村民种好砂糖橘。"

看到黄文秀这么诚恳，班统茂终于答应了当这个示范户。他说："黄书记，既然你把话说到这个份上了，我答应你。请放心，只要我答应了，必定尽力。”

从此，班统茂开始精心打理起自己的果园，并带动全屯的果农，把原来东倒西歪的砂糖橘树，重新扶了起来……

39.砂糖橘笑了

恢复砂糖橘种植，扩大砂糖橘种植规模，都需要启动资金，果农手里可没这么多钱。

黄文秀想方设法帮着缺乏资金的村民筹钱，给贫困户申请无息贷款。

看到第一书记这么尽心尽力，果农们都振作起精神，开始行动起来。

果农的积极性起来了，黄文秀依然在奔波忙碌，她要让果农用最科学的方法和最先进的技术管护好果树，并且做到既能丰产，又能丰收。

经过多方询问，她在百色找到了一家农林公司，这家公司在林果种植技术方面有优秀的人才和丰富经验，还有畅通的销售渠道。

“老总啊，眼下种好砂糖橘，是百坭村实现脱贫的一个最快捷的产业，也是未来发展致富的一条好路子。”她真诚地对公司总经理说，“请您帮百坭村一个忙吧，这里的农民太穷了。你们在果木种植上有技术，你们怎么做，就让我们的果农也跟着做，真心恳请你们把好技术传授给百坭的果农。”

看到黄文秀这么真心实意为百坭村民着想，公司老总被感动了，答应尽最大努力，帮助百坭村把砂糖橘产业发展起来。

他们帮助百坭建起了标准化果园，并让果农以土地入股，建立了“公司+基地+农户”的产销模式，还为果农带来了最先进的种植技术——手把手教果农剪枝、疏果、保果、施肥、喷药……

这家公司专门派出了四个技术员，常驻果园现场做种植指导，并且技术服务全部免费。

黄文秀呢，更是天天穿行在果园里，与技术员交朋友，帮果农们解决遇到的问题。

但对一些先进的种植技术，果农们并不那么容易接受。

技术员指导他们剪枝，果农们不同意：这都是要结果子的枝条，剪去了要少收多少果子啊？

技术员指导他们疏果，果农们更是心疼得要命：眼看着就要长大的果子，怎么能随手就摘掉呢？

黄文秀知道了这事，就急忙来到果园，对果农一再解释：果树种植，要讲科学，不能总是按照老套路办。她还把果农们领到了示范户班统茂的果园，请技术员先在他这里动手示范，随着“咔嚓咔嚓”的剪刀声，果农们才算打消了心里的顾虑。

经过科学管理，原本无精打采的砂糖橘精神了，枝干茁壮，叶片碧绿，满山遍野一片葱葱绿绿。

到了秋天，棵棵橘树笑逐颜开，枝头果子团团串串，圆圆滚滚，又红又亮。班统茂和另外几个示范户的橘树长得尤为喜人，结的果子又大又密，快要把树枝压断了，他们只好在树下用木杆支撑起来。

在班统茂的果园里，有一棵橘树竟然支了30多根木杆，他粗略算了一下，这棵树能结三四百斤砂糖橘。

进入十一月份，砂糖橘陆陆续续成熟了。

看着枝头红澄澄的果子，班统茂心里却是喜忧参半：喜的是从来没见过砂糖橘长得这么好，忧的是果子能不能及时卖出去？会不会又要烂在地里？

过去，那用屯通向果园的路，卡车进不来，就连摩托车也上不去，偶尔有几个来收橘子的，也都是本地小商小贩，一天也拉不走多少。去年果子收获季节，眼看着一树树果子绿了、黄了、红了，但最后都落了、瘪了、烂了，许多果农心疼得蹲在地上“呜呜”哭泣。

今年呢，在砂糖橘开花时节，黄文秀就带着村民把路修好了，保证卡车能开得进来运果子。

班统茂盘算了一下，2018年全屯的砂糖橘产量至少能达到50万斤。这个数字把他吓了一跳，2017年才收了6万斤呢。

可是，这么多的砂糖橘，卖给谁呢？有人来拉货吗？

看着那条宽阔、空荡的路，班统茂心里又担忧起来：我就是有汽车，装了果子也不知道拉到哪里去卖啊。

那天傍晚，黄文秀对班统茂说：“班大哥，通知屯里的果农们，明天男女老少全都去采摘砂糖橘。”

班统茂心里有些纳闷：“采摘下来怎么办？”

黄文秀笑而不语。

第二天一早，当班统茂带着果农们迟迟疑疑地来到果园时，远远就看见路上停了七八辆大卡车。

黄文秀来到班统茂跟前：“班大哥，这些卡车都是批发商来咱们这里收购砂糖橘的，你就带着乡亲们赶快摘果子吧！”

班统茂一愣，随即高高举起竹篓大喊：“乡亲们，摘果子啦！”

顿时，众人雀跃着涌进了果园……

原来，在砂糖橘成熟之前，黄文秀就开始四处奔走，说干了嗓子，磨破了嘴皮，最终和云南、贵州、四川、海南等地的水果商签订了销售协议，为百坭的砂糖橘找到了顺畅的销路。

黄文秀还积极摸索网上销售的路子，组织村民学习电商知识，开展了“党旗领航• 电商扶贫”活动，并建立了百坭村电商服务站。她聘请了曾在广东务工多年、熟悉电商销售的黄福学，对村里的电商服务站进行维护管理。2018年，仅通过电商服务站，百坭的果农就卖出了4万多斤砂糖橘，销售额达22万元，为30多个贫困户平均每家增收2500多元。

即便这样，果园里还是有不少砂糖橘没卖出去，圆滚滚的砂糖橘拥挤在枝头，呆呆地不知所措。

不料，到了12月底，突然又下了一场雪，果子开始受冻受损，这可把果农急坏了，如果不能尽快想办法，果农们就又要遭受很大损失。

黄文秀又心急火燎地找到百色那家公司负责市场的总经理，请他想想办法，再帮助一下百坭果农。

经过协商，公司决定，把此前砂糖橘大大小小混在一起销售，变为分类打包销售。为此，他们出资38万元，购进了一台选果机，按大小不同规格分拣，把溃烂的果子选出来，再把好果子进行清洗保鲜处理。然后分类打包，把品相好的高价销到大城市，品相差的低价销往小城市和农村。这样一来，虽然售价有所下降，但最终还是把砂糖橘卖了出去，为果农避免了一场大损失。

2018年，整个百坭村的砂糖橘产量高达90万公斤，并且全都销售了出去。

这一年，是班统茂的致富年。他的砂糖橘卖了将近16万元，第一次因为卖砂糖橘而有了存款。他把住了13年的毛坯房装修一新，购买了电冰箱、电视机、热水器、洗衣机等大件家电，还拥有了一辆皮卡车。

回忆起和文秀书记相处的情景，班统茂几度哽咽："文秀书记经常来看望我的果园，即使遇到雨天路滑，她也要让村干开着摩托车带她来。现在我富裕了，百坭村的果农们都致富了，她却离开了，我们都很痛心。她没走完的扶贫路，我们一定会帮她走完，以此作为对她的回报。"

那用屯共有8户人家，2018年，有6户卖砂糖橘的收入都超过10万元，家家建起了“小二层”。

往日无精打采的橘子树，如今成了生机勃勃的“摇钱树”；去年还被人嫌弃的小橘子，今天却成了脱贫致富的“金蛋蛋”。

砂糖橘笑了，百坭人也笑了……

那天晚上回到宿舍，黄文秀心里很高兴，难得有一个轻松之夜。

站在屋子里，环顾小小房间，吉他已被冷落在墙角很久了，练书法的毛笔早已干硬，绘画板塞进床下也将近一年。

今夜，是弹一曲吉他，写一页书法，还是画一张画呢？黄文秀一时没了主意。沉吟片刻，却“扑哧”一声笑了。她想起了《孟子》的话来：“鱼，我所欲也；熊掌，亦我所欲也。二者不可得兼，舍鱼而取熊掌者也。生，亦我所欲也；义，亦我所欲也。二者不可得兼，舍生而取义者也。”

看着吉他、毛笔和画板，她忽然有所感悟，旋即坐在桌子前，打开日记本，执笔写来：“如果说脱贫攻坚是一场音乐盛会，那必定不是轻松浪漫的小夜曲，而应是万人引吭的大合唱；如果说脱贫攻坚是一幅书法佳作，那必定不是随心所欲的狂草，而应是一笔一画严谨工整的楷书；如果说脱贫攻坚是一轴画卷，那必定不是恣肆的泼墨大写意，而应是精益求精的工笔画。百坭村的脱贫攻坚，一定要众人大合唱，不能潦草随意，而要精益求精。”

“吉他、毛笔、画板，还是让它们暂时睡一下吧，百坭村的脱贫攻坚时不我待，必须抓紧。”想到这里，黄文秀又拿出《广西脱贫攻坚精准扶贫手册》，认真地填写起来……

那天，班统茂正在果园劳动。

得知文秀书记牺牲的消息后，他突然觉得两眼发黑、天旋地转，伸手紧紧抓住砂糖橘树，才没有摔倒在地。

少顷，这个壮族汉子蹲在地上，抱住砂糖橘树干，号啕大哭……

2019年国庆节前夕，班统茂受邀到北京参加电视访谈节目，讲到文秀书记时他非常激动，这一激动，本来就讲不好普通话的他，对着摄像机就更讲不清楚了，一遍遍地录，却怎么也录不好。

夜里，他辗转反侧，难以入眠，起身坐到灯下，含泪提笔，给文秀书记写了一封信，表达自己的缅怀和感激之情。

第二天，在补录节目时，班统茂深情地读了这封信——

文秀书记：

距离你离开我们已经有131天了。最开始听到你遇难的消息，我们都不太敢相信，明明前几天还见面的人，怎么说没就没了呢？

自从你离开了我们，我们每天都在悲伤中度过。

曾经，你是我们脱贫致富的引路人，更是我们走向幸福生活的精神支柱。然而，正当花开结果之际，你却无声无息地走了，留给我们的只有无穷无尽的思念。

我们知道你有太多太多的不舍和牵挂。今天我借此机会告诉在另一个世界的你：文秀书记，请你放心，你未走完的长征路有人接过你的接力棒，你所许下的诺言，如今有更多的人来帮你实现和完成。

在你的鼓励和帮助下，今年我们村的砂糖橘又有了很好的收成，再过两个月就可以采收了，但是此时此刻，我们说什么也高兴不起来。

因为我们失去了你，再也盼不到你像去年那样来帮我们摘果、背果、收果、卖果了……

文秀书记，我们不能没有你，我们在等着你！我们在呼唤你！你听到了吗？

在今后的日子里，我们会化悲痛为力量，加倍努力，绝不辜负你对我们的期望，早日走出贫困，奔向小康！

文秀书记，百坭村的父老乡亲永远怀念你！

班统茂

2019年10月写于北京

40.两坛玉米酒

驻村之初，在为百坭村谋划脱贫之路时，黄文秀曾问过村主任班智华：“村里都有什么产业？哪些产业最有希望让村民尽快挣到钱？”

班智华说：“除了砂糖橘，种烟叶也属于‘短平快’产业项目，有烟草公司做保障，技术、物资、销路都不用愁。但眼下，百坭村仅有22户烟农，烟叶产量和质量都还不太好。我自己家里也种了几亩烟叶，每季卖过烤烟后，正好给孩子们交学费。”

黄文秀说：“好，那咱们在抓好砂糖橘种植的同时，把烟叶种植也抓起来，逐步扩大种植规模。这样，百坭村的致富产业就多了一根支柱。”

随即，黄文秀对烟叶种植进行了一番调研：百坭山区的稻谷一年只能种一季，在春夏之间可以种一季烟叶，收了烟叶正好种植稻谷。

可是，为什么许多村民没有利用这个闲季种烟叶呢？

原来，虽然种植烟叶收益较高，但烘烤加工烟叶费时费力，一炉烟叶要烘烤将近七天七夜，并且需要几个人夜以继日轮流烤，不能中断，实在熬人。再者，种植烟叶还要有一定的技术，比种粮食作物难度大，因此村民都不愿意啃这块“硬骨头”，对种烟叶没有积极性。

“脱贫攻坚不仅要喊在嘴上，更要落实到行动上。什么叫‘攻坚’？‘攻坚’就是要啃‘硬骨头’！”黄文秀下定了决心，“必须带领村民种上烟叶，多种烟叶，种好烟叶！”

经过一番摸底调查，黄文秀首先把烟农们组织起来，一起讨论和交流种烟的经验，查找存在的问题。

她还请来镇里烟站的工作人员逐户走访，转变烟农的错误认识和不科学的做法，鼓励他们讲科学、学技术，提高烟叶种植水平。

虽然从小在农村长大，但对烟叶种植黄文秀却是外行。她想，抓支柱产业，第一书记必须懂行，隔靴搔痒不行。

于是，她找来烟叶种植相关的书籍，上网查找烟叶烤制的资料，并且还经常向新化镇烟站的技术人员请教。

不久，她就成了烟农贴心的“顾问”：烟草花叶病、黑茎病、青枯病，她都能分辨

向烟农了解生产情况

得出来；防治病害、虫害的药剂，她都能说得出用量、用法；每次路过村民的烟田，她都要和烟农聊聊，问一下他们有什么困难，并及时了解烟叶生产的政策和动态。

她还组织几位有经验的烟农，为那些经验不足的烟农传经送宝，并安排他们到烟草公司参加技术培训。

在烟叶生长过程中，病害是一大威胁，而许多病菌都是被人带入烟田的。

黄文秀就和村干部商量："我们要做一些警示牌，竖在地头。"

没多久，一块块写着"进入烟区，严禁吸烟，严禁触摸烟叶"的大牌子，就立在了烟田四周。

到了七月份，烟叶就进入了收获烘烤季节。

这天一大早，班智华正在烘烤自家的烟叶，突然接到黄文秀打来的电话，让他去村委会填一张表。

当得知班智华正忙着烤烟叶时，黄文秀就主动赶了过来。

望着挂满金灿灿烟叶的烤房，黄文秀不由得啧啧赞叹。当了解到，这一炉烟叶可以卖近两万元钱时，她掐着手指头盘算道："要是每户烟农都能收烤这么一两炉烟叶，他们脱贫就有希望了。"

烘烤，是烟叶生产的关键环节。农谚道："烤得好是一炉宝，烤不好是一堆草。"

烘烤，是烟叶由绿叶变金叶的浴火涅槃，烘烤的好坏关系到烟叶质量、价格和收成，丝毫马虎不得。

烤烟期间，烟农们吃住都在烤烟房，要随时监测烤房里的温度变化，不断调整着炉火的大小，就像照看摇篮里的孩子。

黄文秀经常去村里的烘烤房查看，帮助烟农烤烟。

那天晚上，将近夜里10点钟了，几位烟农刚在烤房吃过粥，黄文秀带着几个村干部来了。

"大叔、大哥，守烤房辛苦了。我买了一些烧烤，大家来一起吃吧。”黄文秀提着一大袋烤串，热情招呼道。

大家七手八脚支起简易烤炉，围坐下来，一边吃烧烤，一边聊烤烟。

“今年烟叶收成怎么样？”

“烘烤时要注意什么？”

“一炉烤烟能得多少钱？”

黄文秀详细询问烟叶生产情况，和烟农讨论降本增效的办法，探讨烤房温湿度变化控制，畅谈烟叶收入和脱贫计划。

“哇，这夹烟叶将近6斤哩，这炉烟叶不错哦，全都金灿灿的，没有杂色叶！”黄文秀一边给烤烟称重，一边开心地笑着，高兴得像个孩子。

看到文秀书记这么热情开朗、平易近人，烟农们都打开了话匣子，你一言我一语，谈烤烟，说生活，话脱贫，一直聊到半夜。

班华纯是建档立卡贫困户，家里有三个读小学的孩子和一位老人。

看到他家的情况后，黄文秀说：“以后小孩上学需要用钱的地方很多，不多攒点钱，就算现在暂时脱贫，以后您还会返贫的。种烟叶是一个不错的项目，您就租些地，种烟吧。”

班华纯听从了黄文秀的建议，种了8亩烟叶。黄文秀专门联系了一位技术人员给他进行指导。

2018年，班华纯靠种烟叶实现了脱贫。

在黄文秀的引导下，班华纯还利用自己搞建筑的手艺，在农闲时间打零工，帮助村民建房子、铺地板，也有了不错的收入。

如今，班华纯一家不愁吃、不愁穿，口袋里也有了零花钱，小日子过得越来越红火。

“今年（2019年，编者注）前一段时间，由于暴雨造成山体滑坡，烟田水利不通，文秀书记顶着大太阳，带着我们去维修设施，让烟田灌溉得到保障。文秀书记还计划今年年底要彻底维修好全部水利设施。谁能想到，她就这么突然地走了……”班华纯边说边哭。

村妇联主席韦玉行经常陪着黄文秀到烟田参与烟叶大田管理，到烤房中指导烟叶烘烤，到烟农家中帮助烟农分级、保管。

“即便生病了，秀儿也从未落下过工作。我总劝她多休息一点，她却说，‘群众脱贫了，我再休息心里才踏实安稳’。秀儿就是这样一个总是把工作放在第一位的人。”韦玉行一边擦泪，一边说，“秀儿走得那么突然，连和我们说声再见都来不及……”

如今，黄文秀和烟站工作人员一起制作的“进入烟区，严禁吸烟，严禁触摸烟叶”的牌子，依然矗立在烟田边。烟农们仿佛还能听见她的话：“这烟叶娇贵着呢，我们要像爱自己孩子一样呵护它，它是我们贫困户脱贫的希望啊。”

黄文秀和村干部还实施了一个新规划：在百坭村4个屯连片种植烤烟220亩，户均种植面积15亩以上，上等烟比例达63%以上，亩产值3500多元，户均收入5.5万元，打造出百坭村的新名片。

为了保障烤烟种植的可持续发展，他们还在百坭村搭建了15个烟叶育苗棚，为烟民提供优质烟苗。

可是，育苗结束后，育苗棚有长达9个月的闲置期，如何避免资源浪费?

黄文秀和村干部找到了解决办法：由农民合作社对闲置育苗棚开展综合利用，其中5个棚种植蔬菜、5个棚种植火参果、5个棚种植哈密瓜，每年增加收益6400多元。

当年年底，新化镇公布了全镇脱贫攻坚排行榜——2018年，百坭村贫困发生率从前一年的22.88%降到了2.71%，百坭村脱贫成绩全镇第一，整体脱贫指日可待。

听到这个消息，黄文秀非常兴奋。

村委会副主任黄世根是有名的“壮酒酿造哥”，黄文秀请他做指导，兴致勃勃地亲手酿了两大坛玉米酒，郑重地放在了村部办公室。

她抚摸着温热的酒坛，对村干们说：“等到百坭实现整村脱贫那一天，我们再把这两坛酒搬出来，和父老乡亲一起好好庆贺一番。”

一位村干部开心地喊道：“文秀书记，到时候最好和你的婚礼一起庆贺啊！”

“对啊，一起庆贺！一起庆贺！”村干们热烈鼓掌。

黄文秀有些羞赧，两颊绯红，含笑应道：“好吧，到那时我争取把自己嫁出去。”

……

如今，那两坛玉米酒仍在静静地酝酿着芬芳，甜甜地想象着秀儿出嫁时全村人为她证婚的欢乐景象，更深深地怀念着为百坭酿造幸福的秀儿……

41.百坭村歌

2019年春天，黄文秀和村“两委”干部再次发动村民扩大特色产业，百坭村的山坡上又种下了更多的“摇钱树”：扩种了200亩砂糖橘、300亩八角、1000亩油茶和100余亩优质枇杷，杉木林也从原来的18000亩发展到20000亩，特色种植真正成了百坭村脱贫致富的支柱产业。

黄文秀带领的扶贫团队并未止步。脱贫攻坚，她依然坚定前行，她要为百坭谱写一曲最幸福的“村歌”。

百坭村四周，群山叠嶂，林木茂密，一年四季都有各种植物的花朵在绽放，是丰富的蜜源，养蜜蜂也是一个适宜的脱贫致富产业项目。

黄文秀曾前往新化镇畈里村，参观学习那里的养蜂技术，计划在百坭村推广养蜂。

2019年，黄文秀还为百坭村规划了很多事：

眼下的村部办公场地紧张、地基下沉，需要改建。她和村干部商量后，已为新建村部预留了合适的空地；村里的文娱活动场所很少，她也谋划好了，要申请资金，新建文化舞台、篮球场、村史馆；百坭村还计划在百色市相关协作单位的支援下，在村部卫生室旁边建一座冷库，帮助村民将蔬菜、水果、茶叶等农产品保鲜贮存、错季销售，促进农产品提质、保量、增值。

……

如今的百坭，昔日贫瘠的山头生长出碧绿的希望，忧愁了多少年的眼眸闪耀着对幸福生活的憧憬。

黄文秀多次对村委会主任班智华说起："我还有许多想法，其中一个是想给百坭村创作一首村歌，就用那首名叫《成都》的民谣调子。但真的水平有限，一直填不出词来。"

2019年5月，作为黄文秀的朋友和老乡，著名壮族歌手韦晴晴和黄文秀一起在田阳老家采摘果子、聊天。

"文秀跟我说得最多的，是希望为她扶贫的百坭村写一首村歌，她来作词，我来唱。她还很开心地说，回去后就酝酿歌词。可惜没等到这一天。"

韦晴晴说，她根据黄文秀生前的日记，创作了歌曲《文秀日记》，完成了黄文秀的一个心愿。

黄文秀用自己的深情和执着，已为百坭村谱写了一首最动听、最感人、最悠长的"村歌"，也为自己短暂的人生谱写了一曲壮丽的青春之歌！

百坭要大变，这是黄文秀心中最期盼的！

百坭肯定要大变，这是黄文秀用年轻的生命换来的！

第十章

10

亮丽起飞

●脱贫攻坚，既要建设一个经济富裕的百坭，也要建设一个美丽文明的百坭；

●“教育扶贫”“阻断贫穷代际传递”“扶智拔穷根”……这些关键词，时常浮现在她的脑海；

●她在被大山闭塞的百坭，铺设着无形的通向幸福明天的“光纤”；

●踏踏实实地做每一件事，是她一直快乐的原因；

●“等到百坭整体脱贫了，我一定轰轰烈烈地爱一回，让乡亲们做我的证婚人！”

●在百坭的山山水水、村村屯屯，她依然笑容灼灼……

42.“我不会辜负这片土地！”

从一个屯到另一个屯，从一座山到另一座山，走在百坭宽宽窄窄、起起伏伏的山路上，黄文秀总是在想，建设一个物质生活富裕的百坭，当然重要；而建设一个美丽文明的新百坭，也同样重要呢。

来百坭村部的第一天，黄文秀就发现这里的卫生太差，院子没有打扫，垃圾随手乱扔，会议室的桌子上、地面上到处都是烟头、烟灰。

她在驻村日记里写下了当初的印象：“环境卫生有待提高。村部脏乱差也较为严重，都是村‘两委’成员的烟头。”

第一次和村“两委”开见面会，还没等开口说话，会议室已是烟雾缭绕，咳嗽声一片。

黄文秀想：“抽烟有害健康，污染环境，虽是陋习，若不让村干部抽烟，也不现实。但不乱扔烟头，不乱弹烟灰，总能做到吧？”

会后，黄文秀笑着对村干部们说：“我还有一件小事想说一下，抽烟有害健康，这个大家都知道；我也知道多年的习惯一时半会儿也不好改，但我想对大家提一个要求，今后不要乱扔烟头，不要乱弹烟灰，让咱们的村部干净整洁起来，好吗？”

多少年来，第一次有人提出这样的要求，几位抽烟的村干部先是一愣，随即说，好，好。

几天后，黄文秀和大家熟悉了，就开始宣传戒烟。她专门找来抽烟对人体危害的视频，播放给大家看。

村支书周昌战也是资深烟民，黄文秀就对他说：“周大哥，你要是能戒烟，我就奖励你500元。”

周昌战嘿嘿一笑，说：“一下子彻底戒烟有点儿难，我们慢慢来。要不这样吧，我们先从乱扔烟头罚款做起，谁要是乱扔一个烟头，罚款5元！”

黄文秀一拍手说：“好，一言为定，请你通知所有村干部。”

此后，这个规矩还从村干部逐渐扩展到了村民。

在入户走访的路上，黄文秀发现，百坭的村头巷尾到处可见乱扔乱堆的各种垃圾，私搭乱建现象也非常普遍，村容村貌脏乱差，与建设美丽乡村的要求相距甚远。

她停下来，在笔记本上写道：“村容村貌不是小事，影响着群众脱贫攻坚的精气神，必须改变。”

在村“两委”会上，黄文秀提出，脱贫攻坚，建设富裕百坭和建设美丽百坭要双管齐下，不仅要让群众实现经济脱贫，而且要让他们实现精神脱贫，建设一个容颜和心灵都美好的新百坭。

于是，村“两委”带领群众向“脏乱差”开战，清垃圾、清水沟、清杂草，拆旧房、拆危房、拆违房，“三清三拆”像梳子、像花洒，把原来蓬头垢面的百坭打理得容光焕发、绰约多姿。

黄文秀更是身体力行，经常拿起扫帚打扫大街小巷，扛上铁锹参加清理劳动，每一次都干得一脸汗水，但她始终乐此不疲，含笑而做。

走在干净整齐的道路上，祖祖辈辈居住在这里的村民们都有些惊讶：“我们百坭还可以变得这么漂亮?!”

在黄文秀的倡导下，百坭村还实行了“门前三包”，家门口放上了垃圾桶，并安排专人定时清理。

但是，几十年形成的乱丢乱堆的陋习痼疾，一下子也不好改。

要彻底改变陋习，必须先改变头脑。

为此，黄文秀召集了25个小学生，组织起一支“清洁乡村”宣传队，教他们背诵“村规民约”“保护环境歌谣”，然后走街串巷、挨门挨户进行宣传。

为了激发孩子们的兴趣，调动他们的积极性，黄文秀专门买了一个不粘锅，在村部简易的厨房里，给孩子们制作奶茶。

她还从城里买来原料，在孩子们参加宣传活动之后，教他们做西米露，让他们自己做、自己喝，以此作为对他们的奖励。

孩子们的兴趣被激发起来了，人人从自己做起，讲卫生，爱环境，并且回家之后对家长进行宣传和监督。

组织小学生成立“清洁乡村”宣传队

黄文秀说，这叫“小手拉大手，一起向前走”。

梁祥东是村里的扶贫专干，也是一个资深烟民。过去不管在哪里，他都是自由自在地抽烟。后来他发现，自己忽然被约束了。约束他的竟然是自己眼里的两个“小女子”，一个是第一书记黄文秀，另一个是家里的小孩子。

黄文秀经常对梁祥东进行宣传：“抽烟真的有害健康，快把烟戒掉吧。”

而小孩子呢，自从开展了“小手拉大手”活动，每次他抽烟前、抽烟后，小孩子都会跑过来提醒：“不许乱扔烟头哦！”

就是这样一件小事，却让梁祥东大有感慨。他说：“今天我把这句话撂在这里，大家看着吧，在文秀书记的带领下，今后咱百坭村肯定要大变样，变大样！”

垃圾分类，门前三包，这些城里人往往还做不到的“新风尚”，黄文秀却把它们带到了大山深处的百坭村。

那天一大早，黄文秀就来找村妇联主席韦玉行：“阿姐，今天咱们去走访，要增加一项内容，就是要对村民宣传垃圾分类的知识。”

开展村规民约吟诵比赛

昨天她俩已约好，今天要到村民家里去走访。

“她随时随地对群众宣传环境保护和垃圾分类知识，并且带头捡垃圾。她是从心里把百坭当成了自己的家。在她的引领下，村民们都学会垃圾分类了，也都自发自觉养成了爱护环境的好习惯。”在韦玉行印象中，自从黄文秀来到百坭后，村里房前屋后、每个角落都变了样。

黄文秀还在村里组织开展“文明家庭”评比、“村规民约吟诵”、“乡村振兴，青年有为”志愿服务、“善行义举榜”等多项精神文明创建活动，点点滴滴营造着文明美好的村风氛围，丰富着群众的文化生活，潜移默化地提升着百坭群众的精神素质。

2018年6月，百坭村以崭新的村容村貌和健康文明的村风，获得了百色市“乡风文明红旗村”荣誉称号。

百坭，这个从历史深处带着一身泥土走来的小山村，正在经历一场蜕变，她将如蛹化蝶，亮丽起飞！

那天午饭后，难得有一刻闲暇，黄文秀登上了村部西面的百爱山。

冬阳暖暖，薄雾氤氲，站在百爱山上，远望东面的百坭山，她心里蓦地跳出两个词：“百爱”“百坭”。

“这两座山的名字好暖心哦！”她的心底涌起一股暖流，随即泪流满面……

“我怎么就流泪了呢？”向来开朗爱笑的黄文秀，一时有些恍然。

透过朦胧的泪光，环望群山起伏的百坭，俯瞰山下涓涓流淌的谐里河，她不禁想起了艾青的诗句：“为什么我的眼里常含泪水？因为我对这土地爱得深沉……”

阳光灿灿，白云悠悠，一只红黄相间的小鸟在枝头跳跃而歌，黄文秀在心里默默地说：“我不会辜负这片土地！”

43.心愿·情缘

在入户走访中，黄文秀发现，百坭的教育比较落后，村民的文化程度还很低。

她经常想起小时候，父亲为了孩子们能有一个较好的学习环境，把全家从多柳屯搬到田州镇的情形，也时常想起父亲给自己讲的“好好学习才有幸福生活”的话。

她在日记里写道：“一位世界著名的社会学家说过，‘一个国家的落后，首先是精英的落后，而精英落后的标志就是嘲笑民众落后’。我们党深刻明白这个道理，从而提出要教育扶持一批人脱贫，并且扶贫要与扶志、扶智一起推进，这是非常重要的。”

“教育扶贫”“阻断贫穷代际传递”“扶智拔穷根”……这些关键词时常浮现在黄文秀的脑海中。

当年高考时，黄文秀在填报的志愿里就曾选择了师范院校，她想当一名老师，把所学知识教给贫困乡村的孩子。

在北师大读研期间，黄文秀也一直关注和思考着偏远山区的教育问题。

眼下，百坭村连个幼儿园都还没有，孩子们既不能及时接受教育，也得不到妥善的关爱。家长们要到田里干活，要外出打工，就只有把孩子扔给老人。而那些家里没有老人的呢？孩子的看护就成了很大的问题。有些经济条件好一些的家庭，只好把小孩子送到镇里或县城的幼儿园，但翻山越岭去接送，极为不便。

村民们都盼着百坭能建一个幼儿园。

看着女人们怀里抱着的孩子们，看着那些孩子乌黑晶莹的瞳眸，建一个幼儿园，成了黄文秀最大的愿望。“如果百坭村有一个幼儿园该多好啊！”她一直这样想，但也经常叹息：“村里哪有这么多钱呢？”

但她并未停止努力。

她专门前往村镇学校，找到几位老师，向他们请教开办幼儿园的事情。

她还联系在广西工作的北师大校友们，为百坭村建幼儿园开展调研。

蒋金霖是黄文秀的北师大校友，在南宁市第十八中学任教，她说：“文秀就是想让百坭村的孩子能跟城里的孩子一样，提早接受学前教育，开拓孩子们的视野，为他们的一生奠定好的基础。”

村民梁家忠有一个5岁的孙子和一个2岁的孙女，他说：“文秀书记生前说要建幼儿园，她的愿望若能实现，我的孙子、孙女就不用送到镇上了，白天我也放心打点零工、干点农活了。”

为了实现黄文秀生前的心愿，2019年7月，乐业县委、县政府决定，在百坭村百布屯新建一所“文秀幼儿园”。

2019年8月15日，上海市青少年发展基金会理事长吴仁杰、共青团广西区委副巡视员吴宗勋一行到百坭村调研，并向百坭村捐赠100万元，援建“文秀希望幼儿园”。

秀儿在天有知，必定笑脸灿烂……

百坭村还有一些贫困学生，他们也需要资助。对这些贫困学生，黄文秀也是牵肠挂肚。

黄文秀给无锡的“中国好人”俞斌发信息说：“希望老师您也和那些好心的市民说一下，百坭村目前很多贫困学生，因家庭变故、生活环境得不到保障，没有办法专心学习，能不能也关注一下这样的人呢？”

经过沟通，俞斌先生答应资助这些贫困学生。

黄文秀把百坭村三个优秀贫困生的资料发给了俞斌，作为第一批受助的学生。后来因为三个孩子没有照片，还需要村里的盖章证明，资助的事情没有及时办成。

得知黄文秀遇难后，俞斌非常悲伤。他说，过了悲伤期，过了洪水，我们爱心工作室要前去寻找黄文秀生前牵挂的那三个优秀贫困生，补齐相关手续，帮助他们完成学业。我们还要发挥俞斌工作室的作用，助力青年一代的成长，为百坭的教育扶贫事业尽一份力。

能否找到黄文秀生前推荐的三名孩子，完成文秀的遗愿呢？

2019年7月17日，是黄文秀牺牲整一个月的日子。带着疑问，带着吴先生的期盼，也带着所有关注黄文秀事迹的无锡人的心愿，俞斌和爱心工作室的成员来到了田阳，他们要通过文秀的家人寻找那三个贫困学生，期望为无锡与百坭“续缘”。

与文秀的姐姐黄爱娟联系上后，出于对英雄亲人的尊重和礼仪，俞斌决定把见面地点安排在入住酒店的会议室。

与前台联系时得知，使用会议室的费用要数倍于房价。

“要花这么多钱？”一向俭朴的俞斌有点心疼。

当酒店客房部经理得知他们来自无锡，是来实现黄文秀生前未了心愿时，当即决定免费给他们使用会议室，并免费提供茶饮。

下午一时，文秀的哥哥和姐姐如约到来。当双手紧握，一声“恩人”喊出，在场的人无不泪流满面……

姐姐爱娟自始至终称吴先生和俞斌老师为“恩人”，这让他们深深感到，文秀与无锡的这段缘分是如此朴实，如此真切。

第二天一早，哥姐两人早早来到酒店，接他们去家里做客。

哥哥一边开车，一边伤心地回忆起妹妹的点点滴滴。

这两天相见，从文秀家人的声声“恩人”里，能明显地感觉到他们对无锡好人的感恩之心，他们在内心早已把无锡人当作家人了。

他们的家是一座两层小楼，坐落在田阳城郊323国道边的一个小山坡上。客厅左侧墙中间端放着黄文秀的灵台，四周摆放着各级组织追颁给黄文秀的奖章、奖状和荣誉证书。举目凝视，令人肃然起敬。

午饭时，文秀的嫂子以壮家的最高礼遇，为无锡亲人准备了一桌丰盛家宴，餐桌上缭绕着难以用语言表达的淳朴感情。

饭后，文秀的哥哥、姐姐带着无锡亲人步行约十里山路，来到家里的芒果园。

哥哥指着前面的一片芒果林深情地说："这是妹妹文秀的。"

原来，父亲把他亲手栽种的这几十亩果园，平分给了兄妹三人。如今的芒果园已是硕果累累，枝头上的田阳青芒散发着馥郁香气。

哥哥深情地述说着去年与妹妹文秀一起在果园劳作的场景。

漫步芒果园，如今物是人非，无尽思念久久萦绕大家心头……

姐姐说，今天是自妹妹遇难后他们一家最释怀、最难忘的一天。

第二天早晨，无锡亲人收到了黄爱娟的微信："报告您一个天大的喜讯，那三个贫困学生找到了！"

这是三个壮族孩子，一个已升初中，两个还在读小学。

从此，无锡与百坭又接续上了一份新的情缘……

"叔叔，您什么时候来广西？我等您。"这是黄文秀生前留给吴先生的话。

吴先生答应过文秀，今年夏天一定会去百色看她。

不料，那场无情的山洪，让邀约和承诺变成了永远的哀伤。

2019年8月下旬，一直牵念着去送文秀一程，兑现与她生前之约的吴先生，终于成行！

吴先生一行从南宁驱车前往百坭村。在八桂大地，一路可见"百坭村第一书记黄文秀"的公益广告牌。透过车窗，看着迎面而来的文秀的名字，吴先生觉得她就在身边，从未离开。

两个半小时后，吴先生终于来到文秀从小生长的地方。在摆放着文秀的照片和奖项的桌子上，吴先生小心翼翼地翻阅着：时代楷模、全国脱贫攻坚模范、全国三八红旗手、中国青年五四奖章、八桂楷模……

吴先生再一次泪眼蒙眬，三年前和文秀在无锡相见的情景又浮现脑海。

帮助文秀完成夙愿、为百坭村脱贫尽点绵薄之力，是吴先生此行的一个重要目的。

在前往百坭的途中，到了文秀的遇难地，他们在路边摆上三束鲜花，行三鞠躬礼，表达对文秀的哀思和敬意。

踏上百坭的土地，道路越来越颠簸泥泞，这让他们切身体会到文秀在扶贫路上的艰辛与不易；在文秀生前办公和生活的地方，仿佛她仍在微笑着迎接无锡亲人。

为帮助百坭村村民解决用电难、用电贵的问题，吴先生曾向文秀提出：结合国家光伏扶贫项目，他的企业可以到百坭建光伏发电站，让村民用上免费的电。

此番来到百坭，吴先生察看着这里的地形和采光情况，发现可用于建光伏发电站的大平地几乎没有，这让他有些失落，心里默默期望：希望以后能通过科技发展来解决这些问题，弥补这个遗憾。

“文秀姐姐未竟的事业，我们会接着做的！”三年前在无锡的相聚，让吴先生的儿子与文秀姐姐结下深厚友情，也一起探讨过为百坭村融资的方案。

这次，小吴应广西电视台邀请，录制了缅怀黄文秀的节目《我的朋友》。

百坭的“无锡亲人”里，又多了一位年轻人；百坭的脱贫攻坚队伍中，又多了一位新战士。

吴先生和无锡堰桥商会的企业决定，要尽最大努力帮助百坭村的产业脱贫项目，首先要把百坭的砂糖橘、芒果、百香果等销售到无锡。

文秀生前牵挂的3名贫困学生以及更多需要帮扶的孩子，由无锡惠山区、堰桥街道和俞斌工作室结对助学，百坭教育脱贫的历史任务，“无锡亲人”一定会持续奉献力量……

2019年，百坭群众种下的砂糖橘，又一次迎来了大丰收，全村砂糖橘产量达100多万公斤。

2020年元旦前夕，百坭村继任第一书记杨杰兴、村支书周昌战等一行人来到惠山区堰桥街道看望“无锡亲人”，并通过“秀起福地”云上平台，发来了原生态的百坭砂糖橘。

“百坭砂糖橘果大肉厚、色黄醇香，富含人体所需的维生素及膳食纤维，是世界长寿之果。”堰桥街道党工委、办事处和堰桥商会等把销售百坭砂糖橘作为头等大事，让两地共同实现黄文秀生前的心愿，帮扶百坭的乡亲们脱贫奔小康。

2020年春节前，百坭村的砂糖橘在吴先生家乡无锡惠山区堰桥街道，成为市民群众新年节日的抢手货。

44.点燃未来的希望

六一儿童节快要到了，黄文秀为村里的孩子们筹备了一次欢庆活动。

在挑选教孩子们的演唱歌曲时，她特地挑选了《我们不一样》，这是一首非常励志的歌曲：

我们不一样，
每个人都有不同的境遇，

我们在这里，

在这里等你……

她想通过这首歌告诉孩子们，生在贫困山村不要垂头丧气，要有志向，要有骨气，更要有改变自己命运的勇气。

她也会问孩子们“百坭村凌晨4点是什么样子”这样的问题，给他们讲很多奋斗者的故事，勉励孩子们勤奋学习，做有理想的新一代。

为百坭扶贫、扶智、扶志，黄文秀想起了自己的母校——北京师范大学。

她想把师弟师妹们邀到百坭村来，这样既可以给百坭的孩子们引来文化活水，也能够为北师大学子提供一个实践平台。

黄文秀把自己的想法跟母校说了，北师大表示全力支持。

2018年暑假，在哲学学院分团委书记陈乐老师的带领下，由11名北师大硕士研究生组成的“暑期实践调研队”来到了百坭村。

黄文秀精心挑选了11户村民家庭，让师弟师妹们住进农家，和山村百姓同吃、同住、同劳动。

在村部，见到了驻村的师姐黄文秀，学弟学妹们都很高兴，也很诧异：“哇！瞧师姐这一身打扮，全然没有了北师大研究生的范儿，活脱脱一个村姑啊！”

黄文秀给师弟师妹们搬来一大箱软软的黄皮芒果，让他们品尝百色的特产。

没过多久，箱子就见底了，她又送来许多香甜的青芒。在后来的一周时间里，芒果从未“断供”。

“她是怕我们这些城里来的孩子，一时不适应村里的生活，特意关照我们呢。”队员们说。

黄文秀带着队员们走上山岗，走进田园，参观橘林、养殖场和

山里的孩子

茶叶加工厂，让他们切身感受扶贫事业给山村带来的崭新变化，也给他们讲述了山村教育事业的落后，希望他们利用这个机会，把希望的种子播进孩子们的心田。

在带着队员们走访的路上，每当经过一片砂糖橘园，或者一片杉木林，黄文秀就会开心地向他们介绍，这是哪家哪户的，他家就是通过这个产业来脱贫的。

“文秀师姐就像一个电脑一样，百坭村所有事情都存在她脑子里。”队员们非常惊奇。

第一次见到这么多北京来的阿哥阿姐，百坭的孩子们睁大了惊奇的眼睛，仿佛有一阵清风吹开了他们的心扉。

当队员们向孩子赠送图书和学习用品时，孩子们伸出的小手，欣喜中也带有惶惑。

黄文秀笑着走上前，摸摸孩子的头，拍拍孩子的肩，鼓励他们为阿哥阿姐们诵读起“村规民约三字经”：

树新风，建百坭；
爱国家，爱集体；
敢创业，学科技；
壮产业，各户齐；
勤劳作，共富裕；
讲家风，重教育；
尊章法，守规矩；
讲文明，懂礼仪；
……

在接下来的日子里，队员们教孩子们唱歌、跳舞、弹琴、画画，还鼓励和欢迎孩子们到北京去看看。

一句话，一本书，一首歌，一张画……点燃了孩子们的心灵之火，为百坭新一代打开了通向崭新明天的希望之门。

黄文秀还邀请了当地村屯暑假回来的大学生和北师大的实践队队员们围坐在村部大院，交流各自的大学生活，并结成了互帮互学对子。

签名留言，合影留念，阳光之下手与手相牵，星光之下心与心相通。

在和队员们交流时，黄文秀说："我知道，邀请你们来百坭，其实也解决不了群众短期的实际困难。关键在于，你们的到来，能给村民尤其是青少年提一口气，为他们打开眼界，让他们看到差距，让他们燃起希望，让他们觉得有更高的目标可以追求。"

语切切，情殷殷，黄文秀在为被大山闭塞的百坭铺设着无形的通向幸福明天的"光纤"，赤子之心，日月可鉴。

从首都北京来的11位研究生，吃住在农家，开展了一个星期丰富多彩的活动，这在百坭村的历史是从来没有过的事。队员们每到一处，都会在村民中间掀起一阵巨大波澜。

在队员们离开百坭的前一天晚上，村民们自发组织起来，在庭院里为同学们准备了别具一格的壮家晚宴：带着泥土芬芳的玉米、芋头、红薯、木薯，缭绕着香气的壮族传统美食粽子、糍粑、糕饼、五色饭，用竹筒杯斟满的醇香米酒，深情的壮歌，欢快的舞蹈……

黄文秀非常兴奋，她拿出自己那把来百坭后几乎已经封存的吉他，轻轻拨响了《稻香》的旋律。

师弟师妹们伴着她的吉他声，一起尽情歌唱起来：

还记得，
你说家是唯一的城堡，
随着稻香河流继续奔跑。
微微笑，
小时候的梦我知道……

黄文秀和师弟师妹们合影

回忆起前去百坭村的情景，2017级硕士研究生、暑期实践队队员李欣依说：

记忆中的师姐总是在路上。那么窄的小路，盘旋在陡峭的山上，我们走得心惊胆战，然而这对文秀师姐来说却是家常便饭。师姐好像从不畏艰险。“学为人师，行为世范”，我们北京师范大学的校训，正是她的所践所行。

黄文秀在北师大读硕士时的同学、暑期实践带队教师陈乐回忆说：

有几次与她聊到现在的工作，她总是说，“离2020年很近了，时不我待呀”。

我们一起举办党支部交流会时，村里两位80多岁的老党员也来了。重温入党誓词的时候，这两位阿公阿婆精神矍铄，声音洪亮，气势不差年轻人丝毫，我着实被震撼到了。我想，平日里，文秀与这些乡亲们一起生活和工作的时候该有多么开心。

文秀虽然走了，但她在百坭村的未竟事业依然还在前行。

每天清晨，村部所在那座山头的鸟鸣，也许就在诉说她的梦想，因为她的生命和情怀，从此与美丽壮乡不再分开。

45.“何时做你的证婚人？”

在百坭，黄文秀喜欢小孩子是出了名的。不管去了谁家，只要看见小孩子，她总会抱起来亲亲小脸蛋。就是在大街上，每当看见有小孩子在单独玩耍，她都会拉起小手送回家。

见文秀书记这么喜欢孩子，百坭村的阿姐阿嫂们总是会问她："秀儿，你什么时候结婚啊？我们都等着吃你的喜糖呢！等你有了孩子，我们都要轮流给你抱！"

百坭人已经把黄文秀当成了自己的女儿。

黄文秀的父母也在为女儿的婚事着急，但他们知道秀儿工作忙，嘴上并没有催过她。

2019年6月初，身患癌症的父亲做了第二次大手术。

在医院陪了父亲一夜，次日凌晨黄文秀又要在上班前赶回百坭村。临走时，黄忠杰握着病榻之侧小女儿的手，弱弱地说："秀儿，好好工作，莫牵挂爸爸。爸现在没有什么奢求，只希望在有生之年，能看见你结婚、生子……"

避开父亲，黄文秀搂着姐姐大哭了一场："我得赶紧将自己嫁出去，让爸爸安心。"

在亲人、朋友和师长眼里，她就是一个普通的女儿、闺蜜和好学生。

生活中的黄文秀，和许多普普通通的女孩子一样，也期待恋爱、结婚、生子……

研究生毕业后，接着是选调生一年的实习期；实习期刚过，她就去了那满镇挂职副书记半年；随后，她又来到百坭村担任驻村第一书记。她把全部心思和时间都放在了工作上，总担心工作做不好，没有时间和精力考虑自己的婚姻大事。

她多次对关心自己婚恋问题的村民、同学和朋友们说："等到百坭村的父老乡亲都脱贫了，我一定轰轰烈烈地爱一回，让乡亲们做我的证婚人。"

此后，百坭村民常常笑着问他们的第一书记："啥时候能做你的证婚人啊？"

黄文秀总是笑着说：“快了，快了。”

师妹王明凤的脑海里，一直记着那个画面：村里小超市的老板家，有一个8个月大的小女孩儿。黄文秀每次路过的时候，都喜欢去抱一抱、逗一逗，弯腰低头去碰她的鼻子，亲她的小脸。小女孩儿显然已经和她很熟了，不哭不闹，总是对着她“咯咯咯”地笑。

百坭村的孩子缺少玩具，黄文秀就找来一根大竹竿，锯成一段一段的小竹筒，两头打上孔，用红绳穿起来，做成像腰鼓一样的乐器，给孩子们每人发一个。

在孩子们登上舞台或者走上大街进行宣传的时候，这些小竹筒就成了打击乐器，“咚咚咚，咚咚咚”地敲起来。红红的脸蛋，绿绿的竹筒，整齐的诵读声，在百坭形成了一道崭新的风景线，引得群峰注目，诱得溪流应和……

每当这时，黄文秀笑得比谁都开心。

黄文秀说：“完成一件事情，不是热爱了就能做好，而是认真做好了才能激发永久的热爱。踏踏实实地做每一件事，有条理地生活，

自制腰鼓

在工作中培植一点诗意，是我一直快乐的原因。”

在百坭走访时，黄文秀在百布屯发现了一名残疾学生，这名学生由于身体原因，没办法正常到学校学习。黄文秀找到教育部门，为孩子争取到了“送教上门”的服务，学校老师到孩子家里专门为他讲授课程。经过一段时间的引导，这名学生又重新回到了学校。

村民班华纯的女儿班玉树，是小学四年级的学生。

2018年暑假期间，黄文秀把班玉树和村里其他6个孩子，一起带进了“相伴快乐成长”深度贫困地区儿童夏令营。

第一次离开百坭村来到大城市南宁，第一次参加一场场精彩的活动，班玉树和她的小伙伴们，像在春雨后钻出地面的嫩笋，眨着好奇的眼睛，望着一个崭新的世界，眼界大开，欣喜异常。

回到百坭后，班玉树和她的小伙伴们，每天都穿着那身鲜红的夏令营营服，结伴行走在蜿蜒的山路上，像一串跳动的火苗，照亮着百坭大地，燃烧着新一代百坭人的希望……

直到现在，那本《夏令营活动手册》班玉树还一直珍藏着，那里面有她终生难忘的美好回忆。

“秀儿不仅非常有爱心，她还是个心地很善良的女孩子。我和她晚上入户走访，只要遇到不好走的路，她总是抓住我的手，提醒我小心。就连路上遇到傍晚归巢的鸭群，她也会拉我闪到一边，她是怕鸭子受惊回不去家啊。”韦玉行总是一遍遍回忆这些细小的往事。

2018年8月的一个周末，黄文秀回田阳看望父母。村支书周昌战打来电话，告诉她说，村里一个小孩子溺水死去了。黄文秀一听，“哇”的一声就哭了……

第二天，她回到百坭后，带着礼品前去孩子家里慰问看望。

2019年6月14日下午，黄文秀带着村民整修被洪水冲毁的水渠时，班智华牵着一匹枣红马，驮着物料上来了。

这匹枣红马经常为村里驮运砂糖橘、油茶、八角、烟叶以及农用物资，黄文秀和老马很熟悉。

看见枣红马驮着重重的物料吃力地攀上山坡，黄文秀急忙迎上去，右手抱住老马的脖子，左手轻轻抚摸老马的前额，心疼地说："马儿太累了，我带你去吃点草，休息休息吧。"

在她和老马说话的时候，一位村干部用手机拍下了这个充满温情的瞬间：山坡，绿草，无言的老马，鲜红的马褂，黄文秀笑得那么开心。

这是黄文秀在百坭村留下的最后的笑脸。

这天傍晚，黄文秀开车回田阳老家，给刚做过肝癌手术的老父亲送药品去了。

这一去，竟是永别！

正值百坭村庄稼丰茂、硕果飘香的时节，黄文秀的生命之花，定格在了扶贫路上。

不，那不是定格，那是绽放！

在脱贫攻坚的路上，秀儿的生命之花，永远绽放着青春的美丽！

2019年，百坭村进一步发展壮大特色产业，完善基础设施，提升配套服务能力，促进群众增收。到年末，百坭村实现了6户18人脱贫，贫困发生率下降至1.8%，实现了整村脱贫出列。

2020年，百坭村全村最后9户37人最终脱贫，实现贫困户彻底清零，全面完成黄文秀的未竟事业。

46. 与秀儿同行

2015年，中央发出通知，要求向党组织软弱涣散村和建档立卡贫困村"全覆盖"选派第一书记。从那时起，一大批从各级机关和国有企业、事业单位选拔出来的优秀党员干部，前往全国10多万个贫困村担任驻村第一书记。

2015年10月12日，广西壮族自治区党委、政府召开全区精准扶贫攻坚动员大会暨贫困村党组织第一书记培训会，深入学习贯彻习近平总书记关于扶贫开发的战略思想，吹响“攻坚五年、圆梦小康”的冲锋号，动员全区上下统一思想，采取超常举措，下过硬功夫，以决战决胜的勇气和担当，全力以赴打赢精准扶贫攻坚战，确保我区贫困群众到2020年与全国、全区同步实现全面小康。

2015年11月，乐业县打响了脱贫攻坚大决战，坚持把脱贫攻坚作为“头等大事”“第一民生工程”，作为必须完成的重大政治任务、重大历史使命、重大发展机遇，发扬“工匠精神”，狠下“绣花功夫”，做足“精准文章”，扎实推进精准扶贫精准脱贫工作。

为贯彻落实习近平总书记关于“扶贫工作要五级书记一起抓”的指示精神，乐业县坚持因村派人，严格标准程序，综合研判干部能力素质和驻村发展重点难点之间的匹配度，择优选派了88名（含中央、自治区及市级选派）驻村第一书记。他们通过加强基础设施建设、开展产业扶贫、持续改善民生等一系列措施，拔穷根摘穷帽，全力推进脱贫攻坚工作。

在乐业，驻村第一书记们带领基层党组织、村干部和广大党员，组成了一支支浩浩荡荡、特别能吃苦、特别能战斗的脱贫攻坚队伍。

乐业县有一张金光闪闪的名片，叫作“第一书记的手”。

这些驻村第一书记们，来自五湖四海，有着不同的身份，但他们却有着共同的形象：身穿印有自己名字的衣服，手上时常沾满泥污，无怨无悔地奋斗在脱贫攻坚的第一线。

他们走进农家瓦房，宣传政策，了解民情，记录民生；

他们走进田间地头，和农户一起耙田、插秧、种果树；

他们与黄文秀并肩同行，与黄文秀一起追梦……

这些第一书记的手变得越来越粗糙，而他们所在的一个个村庄却变得越来越富裕。

黄文秀生前经常和这些驻村第一书记们交流扶贫心得、借鉴产业项目，相互激励帮助，为乐业的脱贫攻坚作出了巨大贡献，也在他们心中留下了长久的记忆……

新化镇乐翁村第一书记陈名持，是和黄文秀同一天到县上报到的驻村书记。

2018年6月初，陈名持邀请黄文秀一起前往皈里村参观养蜂基地。

养蜂业是“短平快”的致富项目，黄文秀想把养蜂引进百坭村，为村民增添一个产业脱贫项目。

那天，黄文秀和陈名持一起来到了皈里村养蜂场，她很兴奋，带上护罩，掀开蜂箱，那些蜜蜂瞬间“嗡”的一声，全都飞了起来，乌压压地围着她，好吓人呢。可她鼓足勇气，抓蜜蜂、找蜂王，好像一点都不怕。

她对陈名持说：“要靠养蜂产业给村民增收呢，我一定要克服困难，熟悉养蜂门道，学会养蜂技术，才能回去手把手地教村民，所以我不能怕！”

“对养蜂的每一个技术环节，文秀都仔细向蜂农请教，并且在现场亲手操作，不怕被蜇，很能吃苦。”陈名持对那天的情景至今难忘。

陈名持用手机给黄文秀拍了一张照片——阳光灿烂，远山青翠，山坡间的遮阳网下，满是蜂箱，黄文秀戴着白色防护帽、黄色橡胶手套，举着蜂王盒，脸含微笑，眼里充满对甜蜜事业的期望。

2019年，黄文秀又一次前去皈里村，登门拜访养蜂户，还找到皈里村第一书记张芹维，很着急地问他：“大哥大哥，我的蜂王、我

黄文秀到外村考察养蜂产业，计划将养蜂技术引到百坭村

的蜜蜂什么时候才帮我弄好，什么时候才能给我呀?”

那天，张芹维和黄文秀约好了：6月18日就会让她把蜂王领回百坭村，正式推开养蜂项目。

“没想到，一向说到做到的文秀，这一次却失约了……”张芹维哽咽难言。

如今，畈里村水、电、路都通了，猕猴桃和油茶等产业覆盖了全村贫困户，村民脱贫致富的信心十足。

“文秀给驻村第一书记树立了榜样，我们要学习她的精神，更加坚定信念，继续前行，坚决打赢打好脱贫攻坚战。”张芹维说。

黄文秀牺牲后，陈名持把思念压在心底，更加努力地奋战在乐翁村脱贫攻坚第一线。

脱贫攻坚中，乐翁村通过抓好基础设施建设、发展养鸭产业、办理小额信贷发展创业等多项有力措施，让该村“十一有一低于”和贫困户“八有一超”各项指标达标，全村人均纯收入提高到7600元，实现了整村脱贫摘帽。

2020年6月的一天傍晚，乐翁村村民罗燕龙家的院子里热闹了起来。

对着坐满了院子的干部和村民，陈名持提高了声音：“各位乡亲，今天请大家来，主要是谈谈扶贫工作开展以来给大家带来的发展变化，各家享受了什么政策，要做到心中有数，做一个懂政策的明白人，同时也希望各位为我们的工作建言献策……”

年轻的村干部吴秀丽率先发言：“要说变化嘛，泥巴路变成了水泥路，旧瓦房变成了新平房。”

老党员黎良帮接过话茬：“以前走夜路都是月亮作伴，现在到处安装了太阳能路灯，就不用摸黑走咯。我认为，我们村能有今天，离不开党和国家的好政策！”

蒙华田是乐翁村乐心屯的贫困户，谈及自家享受了哪些政策福利，他非常激动：“国家政策真是好，脱贫攻坚开展以来，我家得到了危房改造、‘雨露计划’、大病救助、小额信贷等一系列的补助。这些政策让我过上了好日子，我心里都明白着哩！”

“以前没有修建乐翁桥，只要碰到发大水，过河都是心惊胆战。记得3年前发大水，我赶着两匹驮着玉米的马过河去赶集，急流把我的马冲翻，玉米被河水冲走，真的是危险。自从乐翁桥建好了，硬化路也通了，我们徒步走几公里去赶集的日子终于结束了。”这段往事，302屯的群众郭昌书记忆犹新。

干部群众你一言我一语，畅谈政策红利，共谋今后发展，小村子夜色浓浓，小院里其乐融融……

严彬航是黄文秀在百色市委宣传部的同事。他和黄文秀同一批来到乐业县，担任同乐镇龙门村第一书记，又和黄文秀成了脱贫攻坚的战友。

平时，两人关系很好，交流最密切。在和黄文秀驻村同行的一年多时间里，他们交谈得最多的就是扶贫工作。

2019年3月，严彬航和黄文秀在百色还一同录制了《我和我的祖国》快闪视频，那天文秀站在他的身旁，笑容灿烂。那晚他们曾共举杯祝愿：在各自扶贫的村里一切安好，互帮互助！

“然而，说好的‘打赢脱贫攻坚战役，一起收兵’，没想到，你失约了。”严彬航眼含泪花。

严彬航还记得，他们在乐业县的这批第一书记，在一起开玩笑时曾经有个约定：“等到顺利脱贫那一天，我们就关掉手机，然后唱三天歌、喝三天酒、睡三天觉！”

彻底脱贫的日子越来越近了，只是那个开朗爱笑的文秀，再也不能和他们一起庆祝了。每当说起这个约定，七尺男儿严彬航总是忍不住泪如雨下……

擦去泪水，严彬航坚定地说：“我一定要更加坚强，继承发扬文秀的精神，把驻村扶贫工作干得更加出色，不辜负全村群众对美好生活的向往、对全面小康的期待。”

“香，先进来喝杯茶再走。”

“香，晚饭准备做好了，一会儿过来一起吃。”

……

村民们亲密呼唤的“香”，是同乐镇九利村第一书记陈月香。

陈月香是和黄文秀同一批到乐业县的。她们多次在一起聊驻村工作心得，共同感受投身脱贫攻坚的艰辛，分享群众摆脱贫困的喜悦。

陈月香永远记得，夜深人静时，文秀会拿起吉他，对着天空的繁星轻声唱几句自己喜欢的歌。

九利村位于乐业县城附近，失地农民较多，计划在2019年整村脱贫摘帽。

在脱贫攻坚战的紧要关头，作为驻村第一书记，陈月香时时感到重任在肩。

2019年6月，陈月香积极对接烹饪技能培训学校，请老师到村里传授烹饪技能。两期技能培训班，村里共有90名村民参加了为期半个月的培训，其中超过80%是贫困户。后来，村里还开展了驾驶、电工、电焊工等培训，让每个贫困户家中都有一人掌握一门技能。

村口的垃圾场转移了，河道清理干净了，一条200米的宣传文化长廊映入眼帘，原本脏乱差的村庄变得更美丽了……

这些变化百姓看在眼里，记在心里。

“在农村，‘小病拖、大病扛’的现象非常普遍，村里因病致贫的贫困户占了一半。”村妇联主席周桂金非常担忧。

陈月香邀请右江民族医学院师生，进村开展健康知识小课堂活动，进行健康扶贫政策宣传，重点围绕分级诊疗、“先诊疗后付费”等政策为村民耐心细致地讲解，保证贫困群众全部知晓。

通过陈月香的努力，村贫困妇女获市妇联捐赠“两癌”健康保险保障625万元，125名建档立卡贫困妇女受益，实现了贫困妇女“两癌”保险全覆盖。

陈月香还从不同渠道为九利村争取了各项资金投入共计130多万元，完成了全村太阳能路灯安装，覆盖所有农户；通过协调，解决全村各户垃圾回收搬运处理工作和排污治理，村容村貌得到极大改善。

陈月香曾多次与黄文秀交流扶贫工作经验，对她的坚韧奋进印象深刻：“文秀书记在脱贫攻坚第一线倾情投入、奉献自我，赢得群众的赞赏和爱戴，在我眼中她是脱贫攻坚战场上的巾帼英雄，是广大扶贫干部学习的榜样。我们将接好文秀书记的接力棒，化思念为力量，变任务为责任，用扶贫实绩告慰她。”

与秀儿同行，乐业县的第一书记们，青春无悔，人生有荣！

与秀儿同行，第一书记所在的村庄，脱贫在望，幸福可期！

2019年6月22日，黄文秀同志告别仪式在百色市殡仪馆举行。

哀思如潮，带着无限怀念，朝夕相处的村民，相亲相爱的校友，素未谋面的群众，从四面八方赶来，挥泪送别秀儿。

告别大厅里，黄文秀的骨灰安卧在鲜花翠柏丛中，上面覆盖着鲜红的中国共产党党旗。

大厅中央悬挂着黄文秀的遗像。照片中的秀儿，笑容灿烂，就像从不曾远去。大厅四周，摆满了黄文秀家属、亲友、同学、老师以及社会各界敬送的花圈。

“文秀同志是百色市驻村第一书记的优秀代表，是脱贫攻坚一线涌现的先进典型。自担任第一书记以来，她不忘初心、牢记使命、扎根基层、心系群众、埋头苦干、任劳任怨、无私奉献，为百坭村的脱贫攻坚倾注了心血和汗水，充分彰显了一名共产党员的使命担当。”

在低回的哀乐中，在一段段悼词中，人们回忆着往日与秀儿相处的一幕幕场景……

此时此刻，亲人掩面，朋友伤怀，同事哽咽；

此时此刻，40万人在网上为秀儿接力送行……

站在文秀的遗像前，黄文秀的硕士研究生导师郝海燕泪流不止。为了送文秀最后一程，她特地从北京赶来。“文秀就像我女儿一样，在我心里，想起的全是文秀美好、欢快、向上的画面。”文秀不幸遇难，郝海燕难以接受。

张江雁和黄文秀是大学室友，感情颇深。6月21日，张江雁和大学室友一起赶到百色，去了黄文秀曾经工作和生活过的地方。

“刚听到文秀遇难的消息时，觉得是个谣言，直到现在我都不愿相信这是真的。我们感觉文秀还一直在身边陪着我们。”张江雁眼含热泪说，唯有把文秀积极乐观向上的精气神传递下去，才是对她最好的纪念。

黄文秀在山西长治学院读本科时，阎建华是她的班主任。“她经常在宿舍、班级里夸家乡好。”阎建华说，文秀学的是思想政治教育专业，这让她具备非常强的责任感，表现出对家乡强烈的感恩情怀。

北京师范大学党委学工部白勇老师说，反哺家乡正是黄文秀的初心，她心中有着回乡建设的坚定想法。

当天凌晨4时，百坭村的代表就出发赶往百色，只为送文秀书记最后一程。

在告别仪式现场，百坭村村民班统茂含着眼泪，用手机拍下黄文秀的遗像。“文秀书记让我们过上了好日子，现在她走了，我们想再来看看她。”班统茂说。

在脱贫攻坚中和黄文秀一起并肩作战的选调生眼里，她是位好战友。北京师范大学2014届广西定向选调生卢书兵说，文秀面对工作从不轻言放弃，积极向上的精神特别感染人。

“虽然未曾与她谋面，但她的事迹让我们深深感动。”来自百色右江民族医学院的学生黄小妹说，“黄文秀就像一面旗帜，是我今后努力的方向。”

……

青山同悲，苍天含泪！

斯人已去，精神长存！

尾声：“我曾陪她们开放……”

2019年元旦刚过，离春节还有一个月时间，百坭村在外学习、打工的人们即将陆续返乡。

为了迎接这些归来的“候鸟”，黄文秀和村干部合计着：给他们准备一份什么样的礼物呢？

黄文秀提议：“咱们换一面崭新的国旗吧，让他们一到村口就能望见。”

“这个主意好。”大家一致赞同。

清晨，在村部办公楼前的旗杆下，黄文秀把一面崭新的五星红旗交到了村主任班智华手里：“你来升旗吧！”

朝霞漫天，黄文秀、周昌战和黄态度行着注目礼，班智华郑重地把国旗升了起来。

这场只有四个人的升旗仪式，成了班智华心底最珍贵的记忆。

“文秀亲手换上去的这面国旗还在飘扬，但她却走了……”回忆起升旗那天的情景，班智华再一次悲从中来。

2019年4月，黄文秀作为乐业县驻村第一书记代表，参加了广西百色《我和我的祖国》快闪录制。这是百色革命老区人民为新中国成立70周年献上的一份厚礼。视频里，人群中的黄文秀手舞国旗，动情歌唱着：“我和我的祖国，一刻也不能分割，无论我走到哪里，都流出一首赞歌。我歌唱每一座高山，我歌唱每一条河，袅袅炊烟，小小村落，路上一道辙……”

在黄文秀的心中，祖国至高，人民至亲，直到生命的最后一刻，她最牵挂的还是百坭的父老乡亲——这是绿树对大地的情意，这是女儿对父母的深情。

百坭的父老乡亲，更是把黄文秀当作了自己的女儿。他们清清楚楚地记着：秀儿在百坭度过了1年零81天。

村部的宿舍里，还是她匆匆离开时的模样：床头放着那本红色封面的《西行漫记》，床下放着运动鞋和水鞋，墙角放着那把沉默的吉他，书架上的两本“驻村日记”记录着她驻村征程上的点点滴滴。桌子上放着习写的书法、毛笔和宣纸，桌前的墙壁上贴着前几天刚刚画出的两幅小画，一幅是题为“我和我的父亲”的铅笔素描，父亲背着小女儿，画面温馨动人；另一幅是水彩画，金灿灿的向日葵正迎着阳光含笑绽放……

“我和我的父亲”只是一张草图，画面上一个小女孩被父亲扛到脖子上，小女孩显得很高兴，样子调皮、可爱。

很显然，这是黄文秀在画她自己和父亲。

她和父亲的感情很深，在研究生毕业论文《广西壮族传统文化中德育资源的开发——以传扬歌校本课程开发为例》的“致谢”里，她第一个感谢的人就是她的父亲：

> 首先我必须要感谢的是我的父亲黄忠杰先生，他一直鼓励和支持我所做的任何决定，包括当时报考北师大，也是他促成了我这篇论文的主题。
>
> 我的父亲尤喜唱山歌，参加乡里的比赛还拿过冠军。
>
> 小时候，经常能听到父亲引用传扬歌中的句子来教育顽皮的我，他总喜欢说：“我说的学校里没有吗？”这就是我选题的原因。
>
> 壮族的传统文化在一点点地遗失，这是一个很大的问题，值得今后进一步研究。

黄文秀感谢的不仅是父亲的养育之恩，更是感谢爱唱山歌的父亲引用传扬歌中有价值的部分来滋养女儿，这对自己的学术研究有重要的帮助作用。

在田阳巴别乡大石山里土生土长的黄忠杰，从小就会唱著名的巴别调山歌，并且出口成章，还获得过“山歌王”的称号。

黄文秀从小就继承了父亲的禀赋，而且还会用山歌中蕴含的道理来勉励自己。

“我们曾举杯互祝：在各自扶贫的村里一切安好！未想竟成永别！”黄文秀的好友、新化镇扶贫工作队队员李黎看着文秀的画作，泪流满面，“来过，就没有遗憾，那么多的人怀念你，赞扬你，不舍你，你应该欣慰了。生命的价值不在于长短，而在于留下了什么。芳华虽短，但你已灿烂地绽放过；馨香永存，你永远活在人们的心里！”

百坭村部办公室里，黄文秀亲手酿制的两坛玉米酒，还静静地酝酿着芬芳，等着百坭村整体脱贫那一天，欣慰开启，酹酒怀念，举杯同祝……

黄文秀不幸遇难后，百色市委宣传部的同事，写了一首诗来悼念她：

你无愧，
却留我们一辈子的思念；
你无悔，
却让我们再也无处寻觅你的身影。
别了文秀，
也许来路终有归期；
走吧文秀，
这一程，
我们送你……

爱美是女孩的天性，黄文秀生前在闺蜜的陪同下，买了一件鱼尾裙。

来到百坭村后，她把漂亮的鱼尾裙默默收起，换上了运动装。

她离去之前，这件鱼尾裙上的吊牌都还没摘去。

“那本日记簿，停在最后行。那件鱼尾裙，再也没新娘……”

李宗文和赵羽联手创作的这首《鱼尾裙》，以亲人的视角，表达了对黄文秀最质朴的情感及无限的思念。

田阳县农民音乐爱好者阳星自发创作并演唱的歌曲《力量》，唱出了所有怀念黄文秀的人们的心声：

你走了，
留下太多的感动，
你的笑容绽放在人们心中。
你走了，
擦干泪眼蒙眬，
你赋予的力量，
再艰难的道路我们继续着征程。

如今，每当百坭村村民来到村部，人们仿佛还能听到秀儿弹着吉他在轻轻歌唱《那些花儿》：

那片笑声让我想起我的那些花儿，
在我生命每个角落静静为我开着。
我曾以为我会永远守在她身旁，
今天我们已经离去在人海茫茫。
……

2019年8月5日，星期一。

清晨，接替黄文秀担任百坭村第一书记的杨杰兴，和村民们以及暑期返乡的学生们一起举行了升旗仪式。

国歌响起，小学生们郑重地举起右臂行少先队队礼，村民们深情地仰望着五星红旗缓缓升起。

旗台旁边，“时代楷模”黄文秀的照片印刻在村部“英雄墙”上：头戴金黄草帽，身穿粉红夹克，嘴角微扬，眉目含笑，深情地凝望着这片土地和这里的父老乡亲。

12岁的黄凤妹在乐业县城读书，寒暑假才回百坭村。

她说：“从前，秀儿阿姐常在这里带着我们唱歌，陪着我们做游戏。她还告诉我们，国旗是用革命烈士的鲜血染红，红领巾是国旗的一角，要像爱护生命一样爱护它。”

升旗仪式结束后，黄凤妹和小伙伴们坐在旗台旁的台阶上，轻轻唱起了《童年》：

> 池塘边的榕树上，
> 知了在声声叫着夏天；
> 操场边的秋千上，
> 只有那蝴蝶停在上面。

黄凤妹说：“这是去年暑假，秀儿姐姐和她北师大的同学教我们的歌。”

村部的电子屏幕上，闪烁着红色大字——“不忘初心，牢记使命；不获全胜，决不收兵！”

如今，每个周一的清晨，杨杰兴都会带领村民们举行升旗仪式。

他说：“文秀是我们的好战友，我会用尽全力实现她未完成的愿望，做好她未完成的工作！”

又是一个周末，和煦的阳光照耀着百坭村，四周山峰上绿树蓊郁，谐里河水依旧潺潺流淌，放了学的孩子们又结伴来到村部前的小广场玩耍。

在某个瞬间，他们总会停下来，注视着秀儿阿姐的照片，若有所思。

是的，如果秀儿阿姐还在，她一定会欢笑着走过来，亲切地拉住孩子们的手，再陪他们做个游戏，再教他们唱支新歌……

中共中央总书记、国家主席、中央军委主席习近平对黄文秀同志先进事迹做出重要指示，黄文秀同志不幸遇难，令人痛惜，向她的家人表示亲切慰问。他强调，黄文秀同志研究生毕业后，放弃大城市的工作机会，毅然回到家乡，在脱贫攻坚第一线倾情投入、奉献自我，用美好青春诠释了共产党人的初心使命，谱写了新时代的青春之歌。广大党员干部和青年同志要以黄文秀同志为榜样，不忘初心、牢记使命，勇于担当、甘于奉献，在新时代的长征路上做出新的更大贡献。

2019年6月22日上午，黄文秀追悼会在百色市殡仪馆举行。她的骨灰安放在鲜花翠柏丛中，上面覆盖着鲜红的中国共产党党旗。

2019年6月23日，广西壮族自治区党委宣传部追授黄文秀“八桂楷模”称号；6月24日，广西壮族自治区党委追授黄文秀“广西壮族自治区优秀共产党员”称号。

2019年6月28日，人力资源和社会保障部、国务院扶贫办决定，追授黄文秀“全国脱贫攻坚模范”称号。

2019年7月1日，中宣部追授黄文秀“时代楷模”称号。

2019年10月10日，中共中央追授黄文秀“全国优秀共产党员”称号。

2020年5月17日，黄文秀获“感动中国2019年度人物”称号。